검선마도

조돈형 新무협 판타지 소설

FANTASTIC ORIENTAL HEROES

검선마도 9

조돈형 新무협 판타지 소설

초판 1쇄 찍은 날 § 2019년 9월 19일
초판 1쇄 펴낸 날 § 2019년 9월 26일

지은이 § 조돈형
펴낸이 § 서경석

총괄팀장 § 노종아
편집책임 § 김대용

펴낸곳 § 도서출판 청어람
등록번호 § 제387-1999-000006호
등록일자 § 1999. 5. 31
어람번호 § 제2-2807호

주소 § 경기도 부천시 부일로 483번길 40 서경B/D 3F (우) 14640
전화 § 032-656-4452 팩스 § 032-656-4453
http://www.chungeoram.com
E-mail § chungeorambook@daum.net

ISBN 979-11-04-92046-2 04810
ISBN 979-11-04-91930-5 (세트)

검선마도

조돈형 新무협 판타지 소설

FANTASTIC ORIENTAL HEROES

9

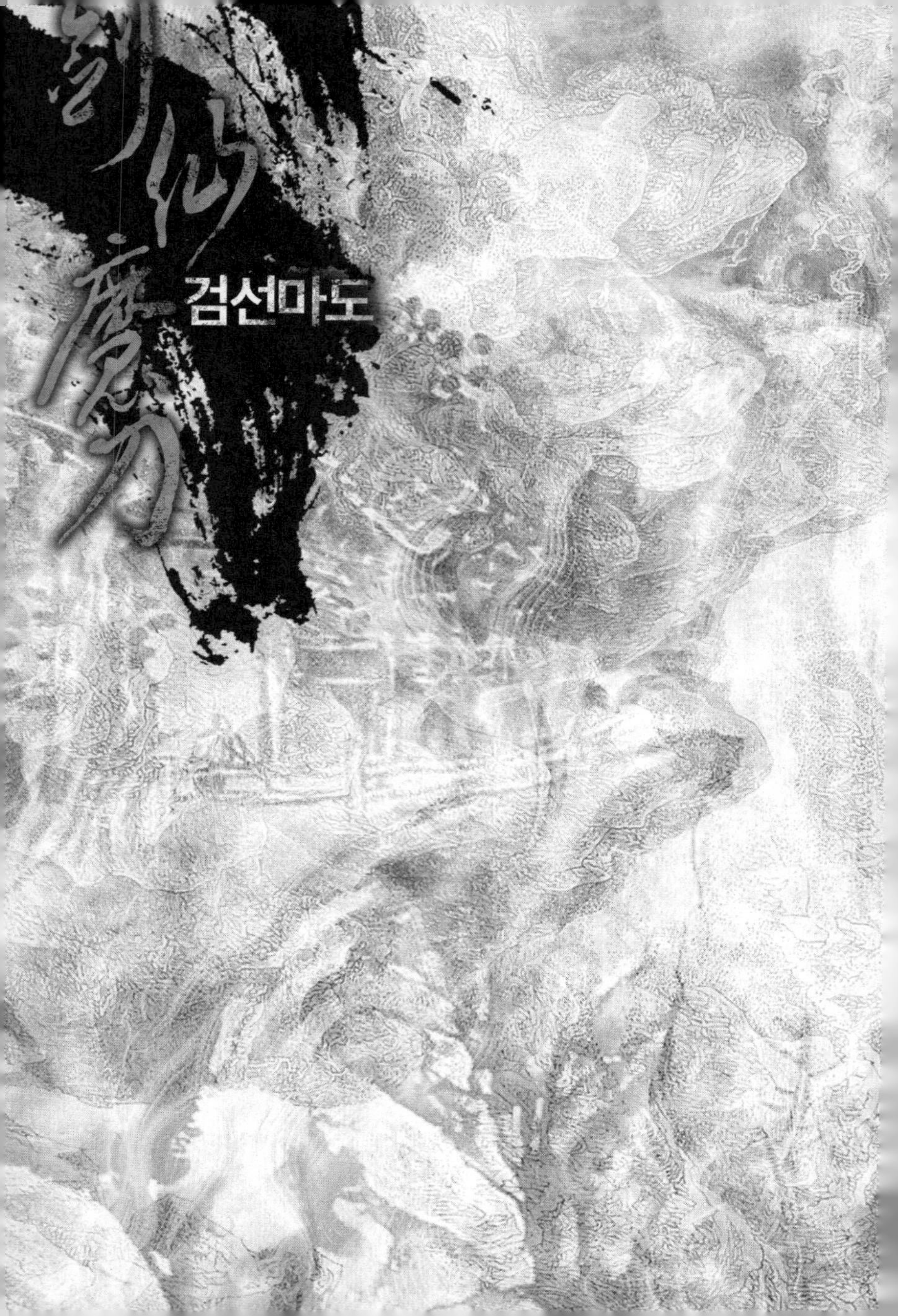
劍仙魔刀
검선마도

目次

제61장

여산행(廬山行)

제갈세가에서 이틀을 머물며 융숭한 대접을 받은 풍월 일행은 곧바로 서북쪽으로 방향을 잡았다.

제갈세가에서 남궁세가가 위치한 무창으로 가기 위한 가장 편한 방법은 곧바로 북상을 하여 구강에서 배를 이용하는 것이었다. 거리상 다소 우회를 하기는 해도 지금 일행이 이동하는 방향에 위치한 여산(廬山)을 넘는 것보다는 훨씬 빨랐다.

원래 계획도 구강에서 배를 타고 이동을 하는 것이었다. 그런데 제갈세가를 떠나고 반나절도 되지 않아 마련의 정예가 여산파를 공격하기 위해 이동 중이라는 급한 연락이 왔다.

여산파는 여산 서북부 능선에 위치한 도가 문파다.

무림에 크게 명성을 떨친 적도 없고 그 규모도 크지 않았으나 실력만큼은 무림의 어떤 문파와 겨뤄도 결코 뒤지지 않았다.

흥미로운 것은 화산파가 지금의 화산파의 모습을 갖추기 전, 화산파에 난립했던 수많은 도가 문파 중 하나가 여산으로 이동했다는 설이 있을 만큼 여산파와 화산파의 무공은 상당히 유사하다는 것이다.

"사이도 좋은 것으로 안다. 할아버지께서 화산에 계실 때만 해도 매년 사람을 보내어 우의를 다졌다고 하셨으니까. 직접 다녀오신 적도 있고. 요즘은 어떤지 모르겠네."

풍월이 말을 마치며 황천룡을 돌아보았다. 황천룡이 쓴웃음을 지으며 고개를 끄덕였다.

"과거만큼은 아니더라도 요즘도 사이는 좋다. 그 바람에 와호채가 여산파만큼은 건드리지 못했지."

황천룡이 와호채를 거론하자 유연청의 표정이 별로 좋지 못했다.

와호채는 녹림십팔채 중 세 번째로 규모가 크고 강한 힘을 지닌 곳이다. 그만큼 특별한 대우를 받았고 녹림대제에 대한 충성심도 높았다.

하지만 반란이 일어나자 가장 먼저 등을 돌린 곳이기도 했다. 심지어 반란군의 중심이 되어 녹림대제와 그의 식속들, 추종자들을 도륙하는 데 앞장섰다.

녹림대제와 그 일가를 몰아내고 총채주가 된 포후가 바로 와호채의 채주였다.

"아, 와호채가 여산에 있다고 했지요. 거리가 얼마나 되죠?"

와호채에 대해 알고 있던 풍월이 지나가는 말로 물었다. 순간, 황천룡의 눈빛이 반짝거렸다.

"어, 얼마 안 된다. 저쪽 봉우리부터 일곱 개만 넘으면 되니까."

황천룡이 동쪽에 우뚝 솟은 봉우리를 가리키며 말했다.

"하, 얼마 안 돼요? 봉우리 일곱 개가 애들 이름입니까?"

풍월의 농 섞인 핀잔에 황천룡이 민망함을 감추지 못하고 고개를 돌렸다.

"그래도 가는 길에 잠깐 들릴까?"

풍월이 유연청에게 물었다.

"아니요. 지금 급한 곳은 와호채가 아닙니다. 여산파 문제가 우선이지요."

유연청이 즉시 고개를 저었다.

"그럼 급한 대로 내가 가서 몇 놈……."

형웅이 손으로 목을 긋는 시늉을 하며 조용히 말했다.

풍월로부터 살황마존의 비급을 얻은 이후, 지금껏 그가 익혀왔던 것과는 차원이 다른 살예를 익히느라 무척이나 고생을 한 형응은 이전에 비해 꽤나 수척한 모습이다.

풍월이 유연청을 바라보았다. 그녀가 원하면 형응을 보내겠다는 의미였다.

"아니, 괜찮아요. 와호채는 천천히."

유연청이 재차 고개를 젓자 형응의 깊이 가라앉은 눈빛에 살짝 아쉬움이 깃들었다. 살황마존의 살예를 시험해 보고 싶었던 마음이 조금은 있었던 것 같았다.

"알았다. 그럼 와호채는 여산파 문제부터 해결하고 생각해 보자고. 자, 얼마 안 남았다고 그랬죠? 조금 서두르죠."

결정을 내린 풍월이 황천룡을 향해 말했다.

"그래, 알았다."

아쉬움을 애써 감춘 황천룡이 여산파를 향해 바람처럼 내달리기 시작했다. 여산파에 닥친 문제를 빨리 해결할수록 와호채에 대한 응징도 빨라질 터였다.

하지만 굳이 와호채까지 갈 필요는 없었다.

가파른 계곡을 끼고 돌아 거의 반 시진 가까이 이동해 도착한 삼첩천폭포(三疊泉瀑布)에서 전혀 생각지도 못한 자들을 만났기 때문이다.

삼첩천폭포는 수많은 폭포를 품고 있는 여산에서도 단연 으뜸으로 꼽히는 폭포다.

낙차만 무려 칠십여 장을 넘고 삼단으로 굽이쳐 떨어져 내리는 물줄기는 보는 이로 하여금 절로 감탄을 내뱉게 만들 정도로 웅장했다. 그 폭포수가 떨어지는 아래, 형성된 거대한 용소 또한 신비로운 자태를 뽐냈다.

모든 것이 완벽했다.

용소 주변에 이곳저곳으로 흩어져 주변을 난장판으로 만들고 있는 자들을 제외하면.

"저, 저놈들은!"

황천룡이 용소 주변을 장악하고 있는 무리들을 확인하곤 이를 부득 갈았다.

"아는 놈들입니까?"

풍월이 그의 옆으로 다가오며 물었다.

"와호채 놈들이다."

"와호채요? 와호채라면 저쪽에 있다고 했잖아요."

풍월이 까마득히 멀어진 봉우리를 가리키며 말했다.

"맞다. 한데 이놈들이 여기까지 웬일이지? 이곳은 놈들의 영역이 아닌데. 게다가 전부 다 몰려나온 것 같은데."

"뻔한 이유겠네요."

피식 웃은 풍월이 턱짓으로 여산파가 있는 방향을 가리켰다.

"여산… 파? 설마, 지금 마련하고 녹림십팔채가 손을 잡았다고 말하는 거냐?"

황천룡이 놀라 물었다.

"못 잡을 것도 없지요. 패천마궁 시절에 이미 어느 정도 관계는 유지한 것 같은데."

풍월이 유연청이 화평연의 비무대회에 뽑힌 것을 상기시키며 말했다.

"하지만 그건 마련이 아니라 패천마궁이……."

"약자가 강한 놈들과 손을 잡는 건 당연한 겁니다. 지금의 강자는 한쪽 구석으로 밀려난 패천마궁이 아니라 마련이고요. 하지만 한 가지 개연성을 간과할 수는 없겠네요."

"개천회죠?"

유연청이 물었다.

"맞아. 마련도 그렇고 녹림에도 개천회가 개입되어 있으니까. 어디까지 영향력을 가지고 있는지는 모르겠지만 공동의 적을 치기 위해 손을 잡게 하는 것은 문제도 아니겠지. 아무튼 놈들이 여산파를 노리는 것이 확실한 이상 그냥 지나칠 수는 없겠네. 황 아저씨."

풍월이 황천룡을 불렀다.

"응, 왜?"

황천룡이 기대에 찬 얼굴로 반문했다.

"저기 있는 자들이 수뇌들인 것 같은데 우두머리가 누굽니까?"

풍월이 저마다 여인들을 옆구리에 끼고 왁자하니 술판을 벌이고 있는 자들을 가리키며 물었다.

"저기 가슴 풀어헤치고 있는 놈 보이지?"

"양 옆으로 여인을 끼고 있는 놈?"

"맞다. 그놈이 포후의 둘째 아들이다. 와호채의 채주지."

"둘째? 큰 아들은요?"

"아비를 따라 갔지."

"아!"

풍월이 이해했다는 얼굴로 고개를 끄덕거렸다.

"그 옆에 있는 늙은이들은 와호채의 장로다. 실력은……."

황천룡이 잠시 머뭇거리자 풍월이 물었다.

"아저씨하고 비교해서 어때요?"

"진짜 실력 있는 자들은 모조리 포후를 따라 갔다. 저자들은 쭉정이야. 그럼에도 나보다는 강해. 와호채는 녹림실팔채에서도……."

"알았어요, 형응."

말이 길어질 것 같자 재빨리 자르고 나선 풍월이 형응을 불렀다.

"예."

"한번 해볼래?"

"그러지요."

간단히 대답한 형응이 좌측 숲으로 슬며시 사라졌다.

형응의 모습이 완전히 사라지기 직전, 풍월이 한마디를 덧붙였다.

"채주라는 놈은 놔두고."

*　　　　*　　　　*

"크흐흐흐흐! 좋군, 아주 좋아."

와호채의 채주 포종이 좌우에 끼고 있는 여인네들의 풍만한 가슴을 떡 주무르듯 하며 웃음을 터뜨렸다.

"오랜만에 나오니까 좋지 않습니까?"

포종이 그와 마찬가지로 여인네들을 희롱하고 있는 노인들을 바라보며 물었다.

"좋습니다, 채주."

"흐흐흐흐, 이런 게 즐거움이지요."

와호채의 장로들이 저마다 불콰해진 얼굴로 웃음을 터뜨렸다.

"그렇다고 너무 취하지는 마시구려. 큰 싸움이 얼마 남지 않았습… 이년아, 흘린다!"

포호가 여인이 입으로 건네주는 술을 받아 마시며 소리쳤다.

"허허, 감로주(甘露酒)는 술이 아니라 약입니다, 채주."

장로 채진이 여인네의 가슴으로 흘러내리는 술을 할짝거리며 웃었다.

"약속 시간까지는 두어 시진 남았습니다. 그리고 아랫놈들에게도 적당히 마시라고 해두었으니 너무 걱정하지 마십시오."

장로 악숭의 말에 채진이 입을 삐죽이며 말했다.

"서두를 것 없잖아. 원래 주인공은 나중에 등장하는 법이니까. 그렇지 않습니까, 채주?"

"크크크! 그렇지요."

"미리 도착해서 애꿎은 수하들의 피를 흘릴 필요는 없다고 봅니다. 그냥 적당한 때에 도착해서……."

낄낄대며 떠들어대 대던 채진의 표정이 딱딱하게 굳어졌다. 동시에 자신의 왼쪽 옆구리에 기대어 교태를 떨던 여인네를 앞으로 끌어당겼다.

하지만 그를 노리며 짓쳐든, 느닷없이 물속에서 튀어나온 일곱 자루의 비도는 여인네의 몸을 완벽하게 피해내며 채진의 미간과 목, 가슴에 깊숙이 박혔다.

"끄으으으."

채진이 목에서 붉은 피를 뿜어내고 기괴한 신음과 함께 고꾸라질 때, 품고 있던 여인네들을 방패 삼아 집어 던진 포종과 악숭은 이미 뒤로 물러나 또 다른 암습에 대처했다. 주변을 지키고 있던 호위들이 그런 포종을 재빨리 에워쌌다.

"어떤 놈인지 보셨습니까?"

포종이 거친 호흡을 내뱉으며 악숭에게 물었다.

"못 봤습니다. 비도가 물속에서 날아왔다는 것밖에는."

악숭의 말에 포종이 어느새 주변으로 몰려온 수하들에게 소리쳤다.

"물속에 살수가 있다. 놈을 찾아라."

포종의 외침에 조심스레 물속을 살폈다.

용소는 제법 깊었지만 물이 워낙 맑아 바닥까지 훤히 보였다.

"찾았느냐?"

포종이 이를 갈며 물었다.

"없습니다."

"보이지 않습니다."

"이쪽도 없습니다."

곳곳에서 보고가 올라왔다.

"병신 새끼들! 제대로 찾아. 놈은 분명 물속에 있다."

포종이 불같이 화를 냈다.

"아무래도 중심부 쪽으로 숨어든 모양입니다. 바닥이 훤히 보인다고 해도 중심부 쪽은 아무래도 빛에 의해 왜곡되기 쉬우니까요."

"하면 물속으로 수하들을……."

"아니요. 채 장로를 저리 만들고 저렇듯 능숙하게 숨어든 것을 보면 뛰어난 살수입니다. 괜히 물속으로 수하들을 투입했다간 피해만 볼 겁니다. 하지만 놈도 사람인 이상 언제까지 숨을 참을 수는 없겠지요. 반드시 목을 내밀게 될 겁니다. 그 때를 놓치지 않고 잡아야……."

차분하게 설명을 하던 악숭의 눈이 갑자기 의혹으로 물들었다.

자신을 바라보는 포종의 눈이 점점 커지더니 이내 경악으로 물들었기 때문이다.

"왜 그러십니까?"

악숭이 불안한 얼굴로 물을 때 왼쪽 목덜미에 차가운 느낌이 전해졌다.

악숭이 번개처럼 몸을 틀며 칼을 휘둘렀다.

쭉정이라고 폄하를 한 황천룡의 말이 무색할 정도로 빠른 반응이었다.

하지만 칼은 허무하게 허공을 가를 뿐이었고 목덜미에 닿아 있는 섬뜩한 느낌은 사라지지 않았다.

악숭이 몇 번이나 몸을 틀고 방향을 바꾸며 적을 찾으려 하였으나 소용없었다. 아무리 필사적으로 움직여도 목에 닿아 있는 섬뜩한 느낌은 사라지지 않았고 자신을 위협하는 적의 옷자락 하나 발견하지 못했다.

그런 악숭을 보면서도 포종은 아무런 행동도 명도 내리지 못했다.

악숭의 바로 뒤, 조그만 단검을 왼쪽 목덜미에 겨눈 채 자신을 바라보는 형웅의 눈동자가 그를 바라보고 있었기 때문이다.

악숭이 미친 듯이 발악을 하는 상황에서도 형웅의 몸은 마치 그림자처럼 그의 몸에 붙어 있었고, 눈동자는 포종의 눈에 고정되어 있었다.

포종은 무심하기만 한 형웅의 눈빛에서 전율을 느꼈다.

딱히 어떤 감정이 느껴지지 않았음에도 옴짝달싹할 수가 없었다.

머리에선 뭐라도 해야 한다는 신호를 계속 보내왔지만, 막상 해보려 하면 입이 떨어지지 않았고 몸이 움직이지 않았다.

악숭의 목숨을 위협하던 단검이 목을 베며 지나가고 절명한 악숭의 몸이 힘없이 무너지는 순간, 포종 역시 그대로 주저앉고 말았다.

형웅이 포종을 향해 걸어갔다.

"마, 막아랏!"

포종의 외침에 넋을 잃고 있던 호위들이 그제야 정신을 차리고 막으려 하였다. 그러나 단 한 번의 움직임으로 포위망을 연기처럼 빠져나간 형웅이 어느새 포종의 등 뒤를 제압했다.

"벼, 병신들아! 내 뒤에……."

포종이 발악하듯 외칠 때 슬그머니 다가온 단검이 그의 목을 지그시 눌렀다.

"조용. 목에 구멍 나기 싫으면 닥치고 있어."

형웅의 나직한 경고에 포종은 공포에 질린 얼굴로 황급히 입을 다물었다.

두 장로가 목숨을 잃고 포종마저 형웅의 손에 떨어지자 와호채의 산적들은 어쩔 줄을 몰라 했다. 이번에 새롭게 장로 자리에 오른 진술이 수하들을 지휘하며 최대한 혼란을 막고는 있었으나, 포종이 사로잡힌 지금 근본적으로 할 수 있는 것은 아무것도 없었다.

"네놈은, 아니, 그대는 누군가? 원하는 것이 무엇인가?"

진술이 최대한 조심스레 물었다. 비굴할 정도로 저자세로 나오는 것이 행여나 포종에게 해를 끼칠까 두려워하는 모습이 역력했다.

"말을 해보게. 어찌하면 채주님을 무사히 풀어줄 수 있는지."

"유감스럽지만 방향을 잘못 잡았어, 영감. 내가 아니라 저들에게 물어봐."

형웅이 포종의 목을 누르고 있던 단검의 위치를 살짝 바꿨다.

단검이 가리키는 방향으로 고개를 돌린 진술이 수하들을 헤치며 다가오는 이남일녀의 모습을 확인했다.

"마, 맙소사!"

진술의 얼굴이 딱딱히 굳었다.

선두에 선 사내는 누군지 모른다. 하나, 바로 뒤를 따르고 있는 일남일녀의 얼굴은 모를 수가 없었다.

"마, 말도 안 돼!"

포종의 입에서도 경악에 가득 찬 외침이 터져 나왔다.

결코 있을 수 없는, 만나서는 안 되는 자들이 눈앞으로 걸어오고 있었다.

포종이 뒷걸음질하려고 하자 형응이 그의 종아리를 밟아 무릎을 꿇게 만들고 귀찮은 일이 벌어질까 아예 마혈까지 제압해 함부로 움직일 수 없게 만들었다.

황천룡이 포종의 놀란 모습에 기꺼워하며 손을 들었다.

"오랜만이다."

"주, 죽었다고 들었는데."

"누가, 내가? 아니면 아가씨가?"

황천룡이 유연청을 가리키며 되물었다.

"분명 죽었다고……."

유연청과 시선이 마주친 포종이 경기를 일으키며 황급히 시선을 떨궜다.

"너 같은 쓰레기를 두고 죽을 수가 있어야 말이지. 갚아줘야 할 빚도 태산처럼 쌓였고."

황천룡이 이를 갈며 다가오자 포종이 다급히 외쳤다.

"나, 나를 죽이면 아버지께서 가만있지 않으실 거다."

"미친놈. 잊었나 본데. 여태까지 우리를 죽이려고 눈에 불을 켠 인간이야, 네 아비가."

그제야 유연청과 황천룡이 어떤 처지인지를 떠올린 포종이 비굴한 얼굴로 소리쳤다.

"나, 나를 살려주면 아버지가 더 이상 너와 아… 가씨를 쫓지 않도록 만들겠다. 야, 약속한다."

"지랄! 자식 취급도 못 받는 팔푼이가 무슨 힘이 있다고. 그리고 그따위 추격을 두려워할 우리가 아니다."

포종의 어리석음을 마음껏 비웃어준 황천룡이 슬쩍 몸을 비키자 유연청이 무심한 얼굴로 다가왔다.

"아, 아가씨."

유연청이 검을 꺼내 들자 포종의 얼굴이 하얗게 변했다.

"사, 살려주십시오. 제, 제발!"

무릎을 꿇은 채 살려달라고 비는 포종을 보는 유연청의 눈동자가 파르르 떨렸다.

기개도 없고 자존심도 없는, 이토록 보잘것없는 자들에게 녹림이 무너졌다는 것에 참을 수 없는 분노가 일었다.

"멈춰랏!"

포종을 구할 기회만 엿보고 있던 진술이 그녀의 살기를 감지하곤 앞뒤 가릴 것 없이 달려들었다.

그러나 그의 검은 유연청에게 이르지 못했다.

섬전처럼 움직인 형웅이 진술의 온몸에 비도를 꽂아버렸기 때문이다.

진술은 조금 전, 채진이 그랬던 것처럼 단 한 자루의 비도도 피하지 못한 채 허무하게 고꾸라졌다.

포종을 구하기 위해 움직인 사람은 진술뿐만이 아니었다.

포종의 호위들과 와호채 중에서도 나름 실력이 뛰어난 자들 역시 그들의 수장을 구하기 위해 나섰다.

하지만 그들은 제대로 발걸음도 내딛지 못하고 그대로 멈춰 설 수밖에 없었다. 형웅처럼 직접적으로 물리력을 행사하지는 않았으나 풍월이 내뿜는 기세에 묶여 옴짝달싹하지 못한 것이다.

그사이 유연청이 포종 앞에 섰다.

눈물, 콧물을 흘려가며 목숨을 구걸하는 포종의 모습에 그녀의 아름다운 얼굴은 무섭게 일그러져 있었다.

"시, 시키는 일은 무슨 일이든 할 테니 제발 목숨만은…컥!"

귀가 썩는 듯한 느낌을 참지 못한 유연청이 그대로 검을 뻗었다.

포종의 입을 쑤시고 들어간 검이 뒤통수를 뚫고 나왔다.

외마디 비명과 함께 두 눈을 부릅뜬 포종이 힘없이 고꾸라졌다.

포종의 숨이 끊어지는 것과 동시에 황천룡도 움직였다.

황천룡의 날카로운 검이 와호채의 수뇌진들을 향하고 유연청에 형웅까지 가세하자 그나마 몇 남지 않은 와호채의 수뇌진들은 눈 깜짝할 사이에 모조리 제거가 되었다.

풍월도 놀고 있지는 않았다.

감히 대항할 생각도 하지 못하는 와호채 무리 사이를 돌아다니며 무공이 일정 수준에 이른 자들의 단전을 모조리 부숴 버렸다.

무공을 익혔던 자들에게 단전이 망가진다는 것은 단순히 무공을 쓰지 못하는 것이 아니라, 사실상 폐인이 되는 것이나 마찬가지였다. 하지만 풍월의 손속에는 조금의 인정도 없었다.

반란에 성공한 포후가 실력 있는 수하들을 데리고 총단으로 가버리는 바람에 지금은 사실상 빈껍데기에 불과하다 할 수 있으나, 나름 전통과 역사를 자랑하는 와호채는 그렇게 완벽하게 와해되었다.

*　　　*　　　*

"아직도 연락이 없나?"

마련의 총 지휘를 맡고 있는 북명천가의 가주 천극이 치열하게 펼쳐지는 전장을 살피며 역정을 내자 그와 어깨를 나란히 하고 있던 천광이 고개를 저었다.

"예, 아직입니다."

"빌어먹을 도적놈들! 애당초 기대도 하지 않았지만 그렇다고 이렇게 코빼기도 비추지 않을 줄은 몰랐군."

"그 도적놈들 없이도 여산파를 무너뜨리는 데에는 별 무리가 없습니다. 어째서 그자들과 연합을 하라는 말이 나온 것인지 이해가 되지 않습니다. 삼태상이 본가를 우습게 본 것은 아닙니까, 형님?"

천광이 분통을 터뜨리자 천극이 고개를 저었다.

"거기에 대해선 충분한 설명을 해왔네. 녹림십팔채는 패천마궁 때부터 굽히고 온 놈들. 제 놈들 딴에는 우리와의 관계를 좀 더 돈독히 하고자 하는 나름의 노력이란 말이지. 한데 그 망할 놈들이 감히 약속을 어긴 것이지."

"그래봤자 산적놈들입니다."

"화살받이로 쓰라는 상부의 배려라고 생각하게. 그놈들이 먼저 치고 올라갔으면 우리의 희생이 조금은 덜 했을 텐데."

천극의 시선이 선봉에 섰다가 함정에 걸려 목숨을 잃은 마영방(魔影幇) 제자들의 시신을 바라보며 이를 갈았다. 비록 북명천가의 식솔들은 아니나 그들 역시 마련에 속한 동료들. 산적 따위와 비교할 수가 없었다.

"초반 타격이 컸던 것 같습니다. 아무래도 지원을 해야 할 것 같군요."

천굉이 조금씩 수세에 몰리는 마영방 진영을 가리키며 말했다.

"아직은 버틸 수 있어. 우선은 중앙을 집중적으로 뚫는 것으로 하지. 조금만 더 몰아치면 곧 뚫을 수 있을 것 같으니까."

"알겠습니다. 저도 가봐야겠습니다. 두 분 숙부께서 저리 애쓰시는데 제가 형님과 이곳에 있는 걸 아시면 나중에 경을 칠 겁니다."

"조심해. 여산파 도사 놈들도 그렇지만 남궁세가 놈들은 결코 만만치 않아."

"알고 있습니다."

천굉이 몸을 돌려 전장으로 달려 나갔다.

천굉의 어깨 너머, 남궁세가의 검귀들이 매섭게 검을 휘두르고 있었다. 그들을 바라보는 천극의 눈빛은 더없이 차가웠다.

"휘유~ 장난 아니네."

풍월의 입에서 탄성이 터져 나왔다.

와호채를 와해시키고 전장에 도착한 풍월과 일행은 주변에 널브러진 수많은 시신들을 보면서 눈앞에서 펼쳐지는 싸움이 얼마나 격렬하고 치열한지 금방 알 수 있었다.

여산파와 그들을 지원하기 위해 달려온 남궁세가, 정무련과 북명천가를 필두로 하는 마련의 정예들이 펼치는 싸움은 실로 처절하면서도 필사적이었다.

"지원을 해야 하지 않을까?"

황천룡이 긴장감을 감추지 못하고 물었다.

"생각보다는 상황이 나쁘지 않네요. 잠깐 살펴보죠."

풍월이 누구보다 먼저 전장으로 뛰쳐나가리라 여겼던 황천룡은 자신의 예상을 깬 풍월의 대답에 살짝 당황하는 눈치였다.

풍월은 황천룡의 반응에 상관없이 능선 곳곳에 넓게 펼쳐진 전장을 차분히 살폈다.

그의 시선을 가장 먼저 끈 곳은 청색 무복을 입고 있는 자들이었다.

숫자는 대략 이십 명 정도에 불과했지만 하나같이 뛰어난 검술을 자랑했는데, 특히 그들을 이끌고 있는 중년인의 검술이 유난히도 도드라져 보였다.

'남궁세가로군.'

중년인은 그야말로 일기당천의 기세로 전장을 휩쓸었다.

잠깐 살펴본 그 짧은 시간에도 그의 검에 쓰러진 숫자가 셋에 큰 부상을 당한 채 물러나는 자가 둘이었다. 뒤늦게 달려온, 마련 측 수뇌부로 보이는 중년인이 등장한 이후에야 비로소 그의 활약이 무뎌졌다.

두 중년인은 그야말로 한 치의 양보도 없이 치열한 공방을 펼쳤는데, 어찌나 격렬하게 싸우는지 주변에서 다툼을 벌이던 자들이 싸움을 멈추고 황급히 자리를 비켜날 정도였다.

'그런데 많이 보던 검법인데.'

풍월이 남궁세가 중년인이 사용하는 검법을 차분히 살폈다. 검의 변화나 움직임이 확실히 익숙했다.

"아!"

풍월의 입에서 탄성이 터져 나왔다.

"그자의 검법이었군."

풍월은 남궁세가 중년인이 펼치는 검법이 얼마 전 항주에서 대결을 했던 개천회의 무상, 검우령이 사용했던 검법과 매우 비슷하다는 것을 떠올렸다.

검우령이 펼칠 때와는 비교가 되지 않을 정도로 미숙했으나 그것만 제외한다면 똑같은 검법이 틀림없었다.

"한데 어째서 남궁세가가……."

조금만 더 깊게 생각을 했다면 그들이 사용하는 검법이 과거 남궁세가의 전성기를 이끌던 검존의 제왕무적검이라는 것을 눈치챘겠지만 그러진 못했다.

두 사람의 실력을 백중세로 판단한 풍월은 싸움이 쉽게 끝나지 않으리라 예측하며 다른 전장으로 시선을 돌렸다. 그리고 그곳에서 매우 익숙한 얼굴을 보게 됐다.

"천종? 어쩐지 많이 본 복장이라 했더니만 북명천가였군."

패천마궁에서 화평연의 비무대회를 준비하며 친하게 지냈던 천종을 발견한 풍월의 얼굴에 반가움과 동시에 곤란함이 묻어 나왔다.

"하필이면 북명천가라니."

여산파가 무너지는 것을 막아야 하는 입장에서 북명천가와는 대적할 수밖에 없었다. 어쩌면 천종과도 검을 겨눠야 할지 몰랐다.

"형웅."

"예, 형님."

"저기 중심, 마련의 핵심 세력이 북명천가야. 그쪽은 놔두고 저 위와 그 옆에 놈들만 상대하면 된다."

풍월이 마영방과 바로 옆에서 호응하고 있는 적화문(赤火門)을 가리키며 말했다.

"다녀오겠습니다."

고개를 끄덕인 형웅이 곧바로 움직였다.

빠르게 달리지도 은밀히 몸을 숨기는 것도 아니었다. 그저 평소와 다름없는 걸음걸이였다.

한데 전장 한복판을 가르고 지나가는 형웅은 정무련은 물론이고 마련에게도 아무런 제지를 받지 않았다. 마치 혼자 다른 공간에 있는 사람처럼 조용히 그들을 지나갈 뿐이었다.

멀리서 이를 지켜보던 유연청과 황천룡의 입이 쩍 벌어졌다.

"저, 저게 가능한 거냐? 무슨 사술을 쓴 것도 아닌데……."

황천룡이 도저히 믿을 수 없다는 얼굴로 물었다.

"녀석이 살황마존의 무공을 익히고 있는 건 알지요?"

유연청과 황천룡이 동시에 고개를 끄덕였다.

"예전에 재미 삼아 한번 읽어봤는데 핵심은 존재감을 지우는 것이더라고요. 단순히 지형지물을 이용해 은신을 하는 수준이 아니라 말 그대로 존재를 지우는 것. 그 경지가 극에 이르면 눈앞에 있어도 알아보지 못한다나. 아무튼 아직 그 단계까지는 아닌 것 같지만, 보아하니 이렇듯 혼란한 상황 속에서 자신의 존재감을 감추는 것은 문제도 아닌 것 같네요."

풍월은 아직도 놀라움을 감추지 못하는 황천룡과 유연청의 반응에 피식 웃으며 천종을 향해 몸을 돌렸다.

"그럼 인사나 하러 가볼까."

풍월이 천종을 향해 움직이자 아무도 신경을 쓰지 않았던 형응과는 대응 자체가 달랐다.

풍월을 향해 양쪽에서 공격이 들어왔다.

마련에선 정무련에 속한 적인 줄 알았고, 정무련에선 마련의 인물인 줄 알았지만 풍월은 굳이 해명하지 않았다.

퍽! 퍽! 퍽!

둔탁한 타격음과 함께 풍월을 공격한 자들이 힘없이 나가떨어졌다.

정무련의 무인들은 큰 타격이 없는 반면에 마련 쪽 무인들은 팔다리가 부러지는 것은 예사였고, 대다수가 아예 정신을 잃을 정도로 큰 부상을 당했다. 그러자 정무련 쪽에선 즉시 공격을 멈추고 길을 열었다.

풍월이 천종과 마주한 것은 상대를 정신없이 몰아치던 천종이 최후의 일격을 가하려는 찰나였다.

느닷없이 끼어든 검에 놀라 황급히 물러난 천종은 낯선 적의 등장에 잔뜩 긴장한 채 검을 곧추세웠다. 하지만 눈앞에서 웃고 있는 풍월의 얼굴을 본 순간, 검을 내릴 수밖에 없었다.

"오랜만이다."

천종을 향해 슬쩍 손을 들어 인사한 풍월은 그의 개입으로 간신히 목숨을 구한 여산파 도사를 향해 정중히 말했다.

"죄송합니다. 이 친구와 얘기를 좀 나눌까 하여 싸움에 끼어들었습니다."

"아, 아니오. 괜찮소이다."

풍월의 사과에 여산파 도사는 당황하여 고개를 흔들었다.

풍월이 아니었으면 이미 목이 날아갔을 터. 오히려 백 번 천 번 고개 숙여 인사해도 모자랄 판에 사과를 받는다는 것은 말도 되지 않는 일이었다.

"고맙… 소이다."

여산파 도사는 풍월을 향해 진심으로 감사를 한 후, 천천히 물러났다.

"네, 네가 어떻… 게 여기에 있는 거냐?"

풍월이 등장하는 순간부터 멍한 얼굴로 바라보던 천종이 더듬거리며 물었다.

"그렇게 되었다. 나도 여기서 널 만날 줄은……."

풍월이 말끝을 흐리며 주변을 둘러보았다.

천종이 위험하다 판단했는지, 그가 등장을 할 때부터 심각하게 살피고 있던 북명천가의 고수들이 대거 달려오고 있었다.

"야, 그냥 둘래? 다 죽는다."

풍월이 자신을 포위하는 적들을 힐끗 바라보며 말하자 천종이 미간을 찌푸리며 소리쳤다.

"멈춰라!"

자신의 외침에도 달려오던 자들의 기세가 꺾이지 않자 천종이 불같이 화를 냈다.

"멈추라 했다!"

천종의 외침이 어찌나 컸던지 전장 곳곳에서 싸움이 멈출 정도였다.

"귀하게 자란 모양이네."

풍월이 일단 멈추기는 했지만 여전히 주변을 돌며 자신을 향해 흉흉한 기세를 뿜어내고 있는 북명천가의 무인들을 바라보며 웃었다.

"시끄럽고. 네가 살아 있다는 소문을 듣고는 얼마나 놀랐는지 모른다. 천문동에서 죽은 줄로만 알고 있었는데."

"죽을 뻔했지."

"어쨌거나 이렇게 다시 만나니 반갑다."

천종의 말에 환한 미소를 지어 보이던 풍월이 주변을 돌아보며 살짝 곤란한 표정을 지었다.

"나도 반갑기는 한데 상황이 좀 그러네."

"그러게. 한데 우릴 막으러 온 거냐?"

천종이 지나가는 듯한 말로 물었다. 하지만 표정엔 긴장한 빛이 역력했다.

"아마도."

"어째서? 넌 패천마궁도 정무련도 상관이 없잖아."

천종이 신경질적으로 반응했다.

"그렇긴 해. 조금 애매하지. 날 키워주신 할아버님들 중 한 분은 화산파와 인연이 있으시고, 한 분은 철산마도 출신이시니까. 기억하냐? 내가 패천마궁의 대표로 화평연의 비무대회에 참가하는 걸 얼마나 싫어했는지."

"그래, 그랬지. 그래서 우리들 사이에서 반감도 많았고."

"맞아. 처음 만났을 때 그 적대시하던 눈길은 지금도 기억난다. 아참, 말 나온 김에 인사나 해라. 그래도 옛 전우인데."

풍월이 어느새 자신을 따라온 유연청을 향해 손짓했다.

"누… 구?"

천종이 유연청을 바라보며 고개를 갸웃거렸다.

어디에 내놓아도 예쁜 얼굴에 아름다운 몸매를 지닌 여인인데 기억에 없었다. 그게 더 이상했다. 눈앞의 미인 정도라면 단 한 번을 만났더라도 어지간해선 잊을 수 없을 테니까.

"모르겠냐?"

풍월이 장난스레 물었다.

"글쎄. 내가 아는 사람?"

"당연하지."

"낯이 익기는 한데……."

"오랜만입니다, 천 공자."

유연청이 얼굴과 전혀 어울리지 않는 목소리로 인사를 했다.

"누구신지……."

답답함을 참지 못한 천종이 풍월을 돌아보자 풍월이 유연청의 삼단 같은 머리카락을 뒤로 숨기고 머리 위에 손을 턱 얹었다.

"이러면 대충 보이려나. 기억 안 나? 녹림의 그……."

순간, 천종의 눈이 보름달처럼 커졌다.

"아! 녹림의 그 애송이!"

천종의 눈이 풍월의 손을 잡아 빼며 슬쩍 물러나는 유연청에게 향했다.

자세히 살펴보니 아름다운 얼굴 속에 녹림의 애송이 얼굴이 조금은 남아 있었다. 생각해 보니 그때도 사내답지 않게 꽤나 비실한 몸매에 갸름한 얼굴이었던 것 같다.

"맙소사! 그때의 애송이가 이런 미인이었다니. 정말 그 애송이가 맞는 거냐?"

"그래."

천종은 도저히 믿기지가 않는다는 얼굴로 몇 번이나 그때의 애송이가 맞느냐고 되물었다.

짜증 섞인 핀잔을 듣고서야 의심을 거두고 유연청과 어색한 인사를 나눈 천종이 질문 세례를 퍼부었다.

"그런데 어째서 같이 있는 거냐? 언제부터 친해진 거야? 애송이, 아니, 유… 소저가 여자인 건 언제부터 안 거냐?"

"궁금한 게 많기도 하다. 같이 있는 이유는 패천마궁처럼 녹림에서도 반란이 일어났고, 반란을 일으킨 자들에게 쫓기다 우연히 만난 거고."

반란이란 말에 천종의 표정이 순간적으로 굳었다.

"언제부터 친해졌냐면 화평연의 비무대회를 준비하면서 부터라고 해야 하나? 아니면 천문동에서 생사를 같이한 이후라고 해야 하나?"

"천문동? 하면 유 소저도 천문동에 갔었단 말이야?"

"그래, 미리 탈출한 사람을 제외하고 마지막 남은 자들 중 몇 안 되는 생존자지."

"하지만 소문에는 당령밖에는… 아!"

천종은 풀어헤친 머리카락을 보고는 유연청이 의도적으로 자신의 생존 사실을 감췄다는 것을 이해했다.

"마지막으로 언제 여자인지 알았냐는 바보 같은 질문엔 이렇게 대답하고 싶다. 난 너희들처럼 눈치가 없지 않아. 연청이 남장 여자인 걸 금방 눈치챘다. 다만 뭔가 사연이 있으리라 생각해서 입을 다문 것뿐이고."

졸지에 눈치 없는 바보가 된 천종이 입맛을 다시며 민망해할 때 유연청의 뒤편에 서 있던 황천룡이 피식 웃었다.

형응으로부터 풍월이 유연청이 여자인 것을 꿈에도 몰랐으며 자신이 알려주지 않았다면 여전히 남자로 믿고 있을 것이란 말을 들은 그로선 풍월의 말이 가소롭기 짝이 없었다.

"지랄한다. 눈치는 무슨……."

어느새 다가온 유연청이 황천룡의 옆구리를 찌르며 그의 말을 막았다.

"자, 대충 대답은 했으니 이제 내가 몇 가지 좀 물어보자."

"그래."

"아까 어째서 이곳에 있느냐고 물었지?"

천종이 불안한 얼굴로 고개를 끄덕였다.

"앞서 말했듯 패천마궁이든, 마련이든, 정무련이든 크게 상관은 없다. 나와 관계된 사람들이 도움을 요청하면 어느 정도 선에서까지는 도울 생각이 있지만, 딱 그 정도야."

"혹시 이곳에 네게 도움을 청한 사람이 있는 거냐?"

"아니, 그건 아니야."

"그런데 왜?"

천종의 목소리가 자신도 모르게 높아졌다.

"마련이 개천회와 연관이 있다는 걸 확인했거든."

"뭐… 라고?"

천종이 기겁하며 되물었다.

"네가 알는지 모르지만 나와 개천회는 옛날부터 악연이 깊다. 과장하자면 한 하늘을 지고 살 수 없다고나 할까."

천종은 풍월이 장난처럼 말은 하고 있지만 착 가라앉은 눈빛에서 풍기는 기운을 통해 그것이 절대 농담이 아니라는 것을 느낄 수 있었다.

"네가 개천회와 문제가 많다는 것은 나도 대충은 알아. 천문동에서 함정을 파고 군웅들을 몰살시킨 일도 있고. 네가 그동안 무림에서 사라졌던 이유에도 어쩌면 개천회가 관계되어 있겠지. 하지만 마련이 개천회와 연관이 있다는 말은 들어본 적도 없다. 있을 수도 없는 일이다."

"어째서 있을 수 없는 일이지? 내가 다시 무림에 나와서 가장 놀란 일이 뭔지 알아? 패천마궁에 반란이 일어났다는 거야."

"그야 궁주님의 전횡을 참지 못한……."

"헛소리는 하지 말고. 설사 그렇다고 해도 내가 그동안 패천마궁에서 생활하며 느낀 대로라면 반역 따위는 절대 있을 수 없어. 궁주에게 절대적으로 힘이 집중된 상황에서 감히 꿈도 꾸지 못할 일이란 말이지. 그런데 그런 일이 벌어진 거야. 친위대라 할 수 있는 놈들마저도 칼을 거꾸로 쥐고. 이건 단기간 내에 일어날 수 있는 일이 아니다. 오랜 시간, 누군가의 개입이 있어야만 가능한 일이란 말이지. 단순히 내 느낌, 내 생각만은 아니다. 나와 같은 생각을 하시는 분이 있다."

"누가 그런 말도 안 되는 억측을 한다는 거야?"

천종이 신경질적으로 물었다.

"제갈세가의 가주께서."

"……."

"몇 가지 증거도 제시하셨는데 그것까지 여기서 밝힐 건 아니고. 아무튼."

풍월의 눈동자에 힘이 들어가기 시작했다.

"그런 이유로 여기까지 온 거다. 개천회가 개입했으리라 확신하는 마련을 막기 위해. 원래대로라면 난 이미 싸움에 개입을 했을 거다."

풍월의 말이 끝나기도 전에 좌측 전장이 크게 술렁이기 시작했다. 단순히 싸움에 밀리거나 하는 수준이 아니라 그야말로 난리가 난 상황처럼 보였다.

풍월은 형웅이 마영방의 수뇌부들을 암살하는 데 성공했음을 직감하고 차갑게 말했다.

"바로 저렇게."

풍월의 시선을 따라 혼란에 사로잡힌 마영방 측을 살핀 천종이 이를 꽉 깨물었다.

"하지만 네가 있을 줄은 몰랐다. 그래서 멈췄지. 짧은 시간이나마 뜻깊은 시간을 보낸 동료였기에."

"그래서, 원하는 게 뭔데?"

천종이 무거운 표정으로 물었다.

"물러나라. 물러나기만 하면 무사히 퇴각할 수 있도록 해주겠다."

"불가! 이곳 여산파를 교두보로 우린 곧 남궁세가를 친다. 반드시 얻어야 하는 곳이다."

"개천회의 의도대로 움직이겠다는 거냐?"

"북명천가의 후계자로서 다시 한번 말하건대 본가에 개천회의 개입은 없었다."

"북명천가가 아니라 마련에. 내가 아까 증거가 있다고 했지? 그중 하나가 풍천뇌가와 연관된 거다."

"믿을 수 없다."

"믿기 싫은 게 아니고?"

풍월이 차갑게 되물었다.

"단순한 추측과 의혹으로 대계를 망칠 수는 없다. 그리고 개천회와 연관된 곳은 우리가 아니라 제갈세가 아닌가? 그 바람에 봉문까지 한 것으로 아는데."

"그 또한 개천회의 수작이야. 간단한 이치지. 제갈세가가 건재했다고 생각해 봐라. 마련이 이렇게까지 설칠 수 있다고 생각하냐?"

"오랫동안 쌓인 패천마궁의 힘을, 마련의 힘을 모르는 건 너다. 제갈세가 따위는 문제가 되지 않는다."

"그래서 계속 공격을 하겠다는 말이네."

"그래."

"어른들과 상의라도 하는 게 어때?"

"의미 없다. 내 뜻이 곧 그분들의 뜻이다."

천종의 눈동자에 담긴 확고한 의지를 읽은 풍월은 더 이상의 대화는 의미가 없다는 걸 깨달았다.

"어쩔 수 없지. 힘으로 관철시킬 수밖에."

"네가 강하다는 것을 알지만 그래도 자신하지 마라. 궁주와 수뇌들이 물러나신 이후, 그들이 독점하던 패천지동이 열리고 그곳에 있던 수많은 무공 비급과 병장기들이 우리 모두에게 개방되었다. 그로 인해 우리가 얼마나 강해졌는지 넌 모를 거다."

자신감 넘치는 말에 풍월이 어느새 포위망을 갖추고 다가오는 자들을 돌아보며 묵뢰와 묵운을 꺼내 들었다.

"그래? 그럼 한번 시험이나 해볼까?"

"무슨 짓을……."

깜짝 놀란 천종이 늘어뜨렸던 검을 바로 세울 때, 어느새 주인의 손을 떠난 묵뢰와 묵운이 그의 코앞에서 교차하며 날아갔다.

폭발적인 힘을 품고 날아간 묵뢰와 묵운이 포위망을 구축하던 자들을 노렸다.

"조심해랏!"

"피핫!"

사방에서 경고의 외침이 터져 나왔다. 하지만 외침이 끝나기도 전, 수많은 단말마가 뒤를 따랐다.

천종이 비명을 따라 고개를 돌리는 순간, 자신에게 주어진 임무를 완벽하게 수행한 묵뢰와 묵운이 우아하게 호선을 그리며 날아와 풍월의 손에 안착했다.

"이럴 수가!"

천종은 자신의 눈앞에서 벌어진 일을 믿을 수가 없었다.

그야말로 찰나의 시간이었다.

묵뢰와 묵운이 풍월의 손을 떠났다는 것을 확인하고 고개를 돌리는 그 잠깐의 시간 동안 북명천가의 정예 열일곱이 아무런 대항도 하지 못하고 쓰러진 것이다.

넋이 빠진 채 쓰러진 수하들을 바라보는 천종의 귓가로 풍월의 나직한 경고가 이어졌다.

"목숨을 빼앗진 않았다. 하지만 경고는 여기까지. 두 번의 자비는 없다. 물러나라."

워낙 압도적인 분위기 때문인지 풍월이 전장에 모습을 드러낸 순간부터 그를 주시하는 사람들이 꽤 많았다.

천극도 그중 한 명이었다.

처음엔 풍월의 정체를 정확하게 파악을 하지 못했기에 그저 경계 어린 눈빛으로 지켜보려 했으나 그의 발걸음이 다름 아닌 천종에게 향하자 가만히 있을 수가 없었다.

천극이 호위들로 하여금 천종을 지키라 즉시 명했다. 호위대장이 살짝 우려를 표했지만 당장 급한 것은 천종의 안위였다.

호위대가 천종과 풍월의 주변을 에워싸자 한시름 놓을 수 있었다. 숫자는 얼마 되지 않지만 북명천가 최고의 정예들, 어떤 상황에서라도 천종을 지킬 수 있다고 판단했다.

그 믿음이 찰나지간에 무너졌다.

풍월이 자신이 보낸 호위들을 눈 깜짝할 사이에 제압하는 광경을 목도한 천극은 두 눈을 부릅뜨며 놀라다가 천종을 구하라고 다급히 외쳤다.

호위대장 방효는 천극의 명이 떨어지기도 전, 수하들이 쓰러지는 것을 확인하자마자 부대장 천온에게 천극의 안위를 맡기곤 곧바로 몸을 날렸다.

호위대장으로서 천극의 명도 없이 먼저 움직이는 것은 있을 수 없는 일이다. 하나, 천종은 북명천가의 후계자다. 장자였던 천승이 그의 숙부와 함께 천문동에서 실종된 후, 천극이 그를 얼마나 애지중지하는지 알기에 할 수 있는 행동이었다. 물론 어릴 적부터 친조카처럼 지냈던 정 또한 그가 직접 움직인 이유 중 하나였다.

방효가 움직였으나 천극은 안심할 수가 없었다.

아직 싸움에 참여하지 않고 있는 북명천가의 고수들을 이끌고 직접 천종에게 달려갔다.

"타하핫!"

단 몇 번의 도약으로 풍월에게 도착한 방효가 전력을 다해 칼을 휘둘렀다.

위험에 빠진 천종을 구하기 위함인지 아니면 형제처럼 아끼던 수하들이 쓰러져서 그런 것인지 수비 따위는 전혀 개의치 않았다. 그가 휘두르는 칼에는 그야말로 일격필살의 기세가 담겨 있었다.

풍월이 묵뢰를 천천히 치켜 올렸다.

꽈앙!

두 사람의 중심으로 뻗어 나간 충격파가 사방을 휩쓸었다.

선공을 가했음에도 충돌의 여파를 감당하지 못한 방효의 신형이 중심을 잃고 비틀거렸다.

그를 향해 묵뢰가 이동하자 어릴 적부터 그를 따랐던 천종의 표정이 급변했다.

"안 돼!"

천종이 고함을 지르며 삼십육절참월도법(三十六絶斬月刀法)의 절초인 전광단월(電光斷月)을 펼치며 달려들었다.

풍월의 표정이 살짝 일그러졌다.

천종이 휘두른 칼은 이미 지척에 이르고 있었다. 더구나 단 한 번의 충돌로 풍월이 얼마나 대단한 고수인지 깨달은 방효가 그의 품으로 달려들었다.

조금 전과 마찬가지로 수비 따위는 전혀 생각하지 않는, 같이 죽자는 식으로 달려들었기 때문에 상대하기가 조금은 곤란했다.

"네가 원한 거다. 난 분명 경고했다."

차갑게 외친 풍월이 묵뢰를 움직여 천종의 공격에 맞서고 묵운을 안쪽으로 끌어당기며 살짝 비틀었다.

순간, 맹렬하게 달려들던 방효가 급살을 맞은 듯 펄쩍 뛰며 고꾸라졌다.

땅바닥에 얼굴을 처박으며 쓰러진 방효가 살아생전 마지막으로 본 것은 풍월의 손끝에서 움직이는 묵운과 그 묵운의 끝에서 작은 빛 하나가 번쩍였다는 것이다.

"크윽!"

풍월을 공격했던 천종 역시 외마디 비명을 지르며 물러났다.

"마, 말도 안 돼!"

천종은 산산조각 난 칼과 찢어진 손아귀를 보며 믿을 수 없다는 표정을 지었다.

기습적인 공격이었다. 게다가 방효를 구해야 한다는 생각에 전력을 다했다.

자신의 공격을 생각하지 못한 풍월이 조금은 당황한 것 같았다. 방효의 적절한 합공으로 승리를 확신할 수 있었다. 아니, 최소한 어느 정도 타격은 입힐 수 있다고 판단했으나 그것이 얼마나 어리석은 생각이었는지 금방 깨닫게 되었다.

심장이 뻥 뚫린 방효는 이미 숨이 끊어졌고 자신은 알 수 없는 반격에 당해 큰 부상을 당하고 말았다.

"크으으으."

천종의 입에서 고통의 신음이 흘러나왔다.

풍월이 천종의 공격을 막아내는 과정에서 자연스레 일어난 천마탄강이 그에게 상당한 내상을 입힌 것이다. 전력을 다한 만큼 되돌아간 반탄력 또한 강력해서 아마도 꽤나 오랫동안 정양을 해야 회복할 수 있을 터였다.

풍월이 씁쓸한 표정을 지으며 천종에게 다가갈 때였다.

파스스슷!

맹렬한 파공성과 함께 다섯 자루의 칼이 그에게 날아들었다. 풍월이 묵뢰와 묵운을 휘두르며 뒤로 물러났다.

천극과 북명천가의 고수들이 튕겨져 나온 칼을 회수하며 천종의 앞을 막아섰다.

"역시 네놈이었구나."

풍월을 알아본 천극이 이를 악물었다.

"오랜만입니다, 가주."

풍월이 살짝 고개를 숙여 인사했으나 천극은 인사 따위를 받을 생각이 없었다.

"천종에게 무슨 짓을 한 거냐?"

"무슨 짓까지는 아니고 그저 공격을 해와서 방어를 했을 뿐입니다."

"방… 어? 어디서 말장난을……."

천극이 분노로 일그러진 얼굴로 어쩔 줄을 몰라 할 때 천종의 부상을 살피던 노인이 안도의 한숨을 내쉬며 말했다.

"내상이 심하기는 하나 크게 걱정할 정도는 아닐세, 가주."

"당숙께서 녀석을 좀 살펴주십시오."

천극이 고개도 돌리지 않은 채 말했다.

"알았네."

천극에게 당숙이라 불린 자가 천종의 몸을 안아 들고는 황급히 물러났다.

천종이 손을 뻗어 뭐라 말을 하려 했지만 이내 혼절을 하고 말았다.

주변을 에워싸고 있는 북명천가의 무인들은 천종이 자신의 복수를 해달라 말하는 것처럼 생각했으나 천종과 눈이 마주친 풍월은 조금 달리 생각하고 있었다.

한숨을 내쉰 풍월이 자신을 노려보는 천극을 향해 말했다.

"녀석하고도 얘기를 나누긴 했지만 그냥 물러나면 안 되겠습니까?"

천극이 눈썹을 치켜올리며 되물었다.

"뭐라 대답했지?"

"불가."

"제대로 답을 들었군."

"……."

풍월은 혹시나 하는 생각에 개천회에 대해 거론을 할까 하다가 그냥 입을 다물었다.

천종의 반응을 보았을 때 애당초 말이 통하지 않으리라 판단했고 천종이 큰 부상을 당한 지금 대화로 상황을 풀어낼 가능성이 전무하다 여긴 것이다.

풍월이 침묵을 지키자 북명천가의 고수들이 풍월을 상대하기 위해 앞으로 나섰다.

누구보다 먼저 달려들 것 같았던 천극은 의외로 뒤로 빠졌다. 뭔가 심상치 않은 분위기를 느끼고 옆쪽 전장에서 이탈하여 달려온 노고수들이 그를 뒤로 물렸기 때문이다.

처음엔 단호히 고개를 저었던 그는 숙부이자 전대 가주와 함께 북명천가의 힘을 크게 부흥시킨 대장로 천수의 거듭된 당부에 어쩔 수 없이 뒤로 물러났다.

천수를 필두로 하는 북명천가의 고수들과 풍월이 삼 장의 거리를 격하고 마주 섰다.

한 걸음 앞으로 나선 천수가 차분히 입을 열었다.

"노부는 북명천가의 천수라 한다."

"풍월이라 합니다."

그제야 풍월의 이름을 들은 천수가 흠칫 놀란 얼굴로 그를 바라보았다.

무림인이라면 삼 년 전 무림을 뒤흔들었던 풍운아 풍월의 이름을 모르는 사람은 없다고 해도 과언이 아니다.

하지만 천수를 비롯해서 주변 고수들이 놀라는 의미는 조금 달랐다.

삼 년 간의 실종 후, 갑자기 나타나 화산파를 위기에서 구한 풍월이 어쩌면 천마의 무공을 얻었을 수 있다는 소문이 급격하게 퍼지고 있었기 때문이다.

"어쩌면 소문이 아닐 수도 있겠군."

풍월을 지그시 바라보던 천수가 의미심장한 얼굴로 고개를 끄덕였다.

제62장

여산풍운(廬山風雲)

"크헉!"

여산파의 장로 묘우의 입에서 고통스러운 신음이 흘러나왔다.

묘우는 자신의 아랫배를 뚫고 지나간 검을 보며 믿을 수 없다는 표정을 지었다.

"이것으로 세 놈째."

귀골문주 흑아곤이 묘우의 아랫배를 관통한 검을 빼며 차가운 웃음을 머금었다.

빙글 몸을 돌린 흑아곤이 다음 목표를 향해 움직였다.

흑아곤이 노린 사람은 여산파 대장로 묘진이었다.

달려가던 속도 그대로 도약한 흑아곤의 검이 격전을 펼치고 있던 묘진의 정수리를 향해 내리꽂혔다.

귀골문 장로들의 합공에 힘든 싸움을 하고 있던 묘진은 갑자기 들이닥친 공격에 크게 당황했다.

주변을 둘러봐도 자신을 도울 사람은 아무도 없었다. 설사 있다고 해도 감당하기 힘들 정도로 흑아곤의 공격엔 무시무시한 힘이 담겨 있었다.

몇몇 제자들이 묘진의 위험을 알아채고 움직였지만 그들 역시 귀골문의 제자들에 발목이 잡혔다.

묘진의 안색이 딱딱하게 굳었다.

절체절명의 순간, 양쪽 공격을 모두 막을 수 없다고 판단한 묘진은 우선 흑아곤의 공격을 막는 데 주력했다.

꽝!

폭음 터지는 소리와 함께 묘진의 몸이 휘청거렸다. 그 순간을 놓치지 않은 적들의 검이 그의 몸을 베고 지나갔다.

"크헉!"

묘진의 입에서 외마디 비명이 흘러나왔다.

흑아곤의 공격을 막아낸 후, 필사적으로 몸을 틀며 방어를 해보았으나 좌우에서 날카롭게 파고든 공격에 한쪽 팔이 날아가고 옆구리에 깊은 자상을 입었다.

검날이 얼마나 깊이 파고들었는지 쩍 벌어진 상처에서 피와 함께 장기의 모습까지 내비쳤다.

재차 묘진을 노린 흑아곤의 검이 그의 허벅지를 베고 지나갔다.

"으음."

고통스러운 신음과 함께 비틀거린 묘진의 신형이 천천히 무너져 내렸다.

"이것으로 네 놈째."

흑아곤이 얼굴 가득 비웃음을 지으며 최후의 일격을 날리기 위해 묘진을 향해 다가갔다.

그때, 모든 것을 포기한 듯 고개를 떨구고 있던 묘진이 마지막 힘을 쥐어짜 최후의 일격을 날렸다. 하나, 그것마저 예상하고 있었다는 듯 흑아곤의 입가엔 차가운 미소가 흘렀다.

"좋아, 이런 발악. 뒈질 때 뒈지더라도 꿈틀은 해줘야 목을 베는 맛이 있지."

묘진의 공격을 간단히 흘려 버린 흑아곤이 모든 희망을 잃고 바닥에 쓰러진 묘진의 머리를 지그시 밟았다. 그러고는 모두에게 과시라도 하듯 광소를 터뜨렸다.

흑아곤이 무슨 짓을 하려는지 눈치챈 여산파의 도사들이 피눈물을 흘리며 달려들었다. 하지만 귀골문의 제자들이 막아서는 바람에 단 한 명도 접근하는 데 성공하지 못했다. 오히려 무리해서 적을 뚫으려다 큰 피해를 당하고 말았다.

"크흐흐흐."

흑아곤의 입에서 흥분된 웃음이 터져 나왔다. 이제 곧 묘진의 머리가 터지며 피와 뇌수가 발을 적실 것이다.

한데 바로 그 순간, 이미 혼절한 묘진의 몸 밑에서 두 자루의 단검이 빠져나오더니 흑아곤의 양 발목을 훑고 지나갔다.

웃음이 비명으로 바뀐 것은 순식간이다.

"끄아아아악!"

그대로 뒤로 나뒹구는 흑아곤의 입에서 처절한 비명이 터져 나왔다. 그가 발버둥을 칠 때마다 발목에서 뿜어진 피가 주변을 적셨다.

어느새 은신을 풀고 나타난 형웅이 몸부림치는 흑아곤을 향해 다가갔다. 형웅의 존재를 확인한 흑아곤, 양 발목의 힘줄이 잘려 나가는 바람에 일어설 수가 없었던 그는 벌레처럼 기어 도망치려 했다.

"이놈!"

"멈춰랏!"

흑아곤의 위기를 발견한 두 장로가 기겁하여 달려들었다.

물끄러미 그들을 바라보던 형웅이 손에 든 단검을 휙 던졌다.

빠르게 날아간 단검이 흑아곤의 뒤통수를 꿰뚫었다.

흑아곤은 비명도 지르지 못한 채 몸을 부르르 떨다가 그대로 고개를 떨궜다.

"안 돼!"

"문주님!"

형웅을 향해 달려들던 두 장로가 놀라 부르짖었다.

흑아곤의 죽음을 확인한 두 장로가 분노로 몸을 떨며 형웅을 찾았다.

"네놈이 감……."

"찢어 죽이리……."

두 장로가 동시에 말을 잃었다.

그들이 흑아곤을 향해 잠시 눈을 돌린 사이 형웅의 존재가 완벽하게 사라졌기 때문이다.

형웅이 다시 그들 앞에 모습을 드러냈을 때 그들은 진정한 사신(死神)을 접하게 되었다.

천수와 풍월이 마주 보고 있다.

거리는 대략 삼 장.

누군가에게는 멀게 느껴질 수 있는 거리지만, 그들에겐 찰나지간에 도착할 수 있는 거리에 불과했다.

두 사람의 몸에서 뿜어져 나오는 기세에 조금씩 밀려난 사람들이 두 눈을 부릅뜨고 긴장한 표정으로 그들을 지켜봤다.

먼저 움직인 사람은 천수였다.

천수가 칼을 잡은 손을 움직이자 풍월 역시 그에 반응하여 묵뢰를 움직였다.

움직였다고 느껴지는 순간, 두 줄기 섬광이 서로를 향해 짓쳐들었다.

파스스슷!

날카로운 파공성.

한데 충돌은 없었다.

빗겨 나간 섬광이 각자의 목표를 향해 더욱 빠르게 움직였다.

눈으로 쫓기 힘들 정도의 속도에 싸움을 지켜보는 이들도 미처 반응하지 못했다.

퍽!

둔탁한 충돌음이 들린 것은 섬광이 사라지고 한참이 지난 후였다.

"음."

나직한 신음과 함께 천수의 신형이 비틀거렸다.

뭉개진 왼쪽 어깨를 움켜쥐고 뒷걸음질 치는 천수의 얼굴엔 불신의 빛이 가득 깔려 있었다.

그에 반해 풍월은 미동도 하지 않았다.

그것이 천수를 더욱 경악케 했다.

'대체…….'

분명 자신의 공격도 풍월에게 도달했다. 일격을 당하는 것을 감수하면서까지 놓치지 않았던 공격이다. 한데 어느 순간 흔적도 없이 사라졌다. 마치 모래사장에 스며드는 물처럼.

천수의 입가가 괴이하게 비틀렸다.

"역시 대단하군. 천마 조사님의 무공이냐?"

천수의 물음에 풍월은 침묵했다.

"침묵은 곧 긍정이라 봐야겠지. 어쨌거나 영광이구나. 천마 조사님의 무공을 상대할 수 있어서. 그럼 본격적으로 겨뤄볼까나."

천수의 신형이 빠르게 전진했다.

움직임과는 반대로 느리게 호선을 그린 칼이 풍월의 심장을 노리며 베어졌다.

삼십육절참월검법의 절초인 한섬파월(寒閃破月)이다.

묵뢰가 사선을 그리며 천수의 공격을 막아내고 동시에 횡으로 움직이며 역으로 천수를 노렸다.

눈 깜짝할 사이에 십여 초의 공방이 흘러갔다.

손에 땀을 쥐고 두 사람의 대결을 지켜보던 이들은 모두 넋을 잃은 표정이었다.

이 정도 수준의 고수들이 펼치는 공방은 평생에 한 번 볼 수 있을까 할 정도로 귀한 것. 단 한순간도 놓치지 않겠다는 듯 집중, 또 집중했다.

하지만 애당초 그들의 움직임을 제대로 살필 사람은 천극을 비롯하여 몇 되지 않았고, 그들의 표정은 이미 딱딱하게 굳어져 있었다.

겉으로는 대등하게 보이는 싸움이 천수에게 무척이나 위험하게 전개되고 있다는 사실을 눈치챘기 때문이다.

천극이 무거운 시선으로 주변을 돌아보았다.

천수와 함께 북명천가의 영광을 이끈 고수들이 여차하면 뛰어들 기세로 두 사람의 대결을 주시하고 있었으나 함부로 움직이지 못하고 있었다.

그때, 풍월에게 일격을 당한 천수가 피를 토하며 물러났다. 고통으로 일그러진 얼굴하며 끊임없이 흘러나오는 핏물이 부상이 결코 가볍지 않다는 것을 보여주었다.

허리를 굽힌 채 한참이나 피를 토해낸 천수가 긴 숨을 토하며 고개를 들었다.

일방적인 패배 뒤였으나 생각보다 표정은 밝았다. 마치 무거운 짐을 내려놓은 듯 홀가분한 표정이었다.

"소문은 익히 들어 알고 있었으나 역시 버겁군."

천수는 무인으로서의 자존심도 강하고 호승심도 강했으나 개인의 자존심, 욕망 따위는 가문의 영광 앞에선 언제든지 접어둘 수 있는 사람이다. 그리고 홀로 풍월을 상대하며 이미 개인적인 욕심은 충분히 충족한 터였다.

자신이 풍월의 상대가 될 수 없음을 파악한 천수는 주변에서 초조하게 지켜보고 있는 이들에게 신호를 보냈다.

합공을 해서라도 풍월을 잡아야만 오늘의 싸움을 승리로 가져갈 수 있다고 판단한 것이다.

천수의 신호가 떨어지기가 무섭게 다섯 명의 고수들이 풍월을 에워쌌다.

풍월이 스산한 눈빛으로 그들을 살폈다.

대다수가 천수와 비슷한 연령이었고 가장 젊어 보이는 사람도 오십은 훌쩍 넘어 보였다. 게다가 그들 개인에게서 전해지는 기세가 실로 만만치 않았다.

풍월은 그들이야말로 북명천가의 진정한 힘이라는 것을 느끼며 호흡을 가다듬고는 지체 없이 묵운을 움직였다.

풍월을 포위한 채 서로 눈빛을 교환하며 공격을 시작할 최적의 순간을 찾고 있던 이들은 갑작스러운 풍월의 공격에 깜짝 놀라며 몸을 뒤로 젖히거나 다급히 움직이며 칼을 휘둘렀다.

애당초 풍월이 노린 적은 그들이 아니었다.

묵운을 날려 확실하게 그들의 움직임을 차단할 때, 묵운의 날카로운 움직임에 숨어 은밀히 움직인 묵뢰가 반대편에서 풍월을 공격하기 위해 달려들던 이들을 향해 쏘아졌다.

느닷없이 날아든 공격이었으나 상대 역시 북명천가에선 손꼽히는 고수들. 생각보다 침착하게 반응하며 저마다의 절기를 펼치며 풍월의 공격을 막아냈다.

하나, 그 또한 함정에 불과했다.

조금 전, 풍월의 손을 떠났던 묵운이 어느새 그들의 뒤통수를 노리며 짓쳐들었다.

나이 사십에 북명천가 최연소 장로가 되고 나름 승승장구하던 천휴는 풍월의 공격을 막아내고 자신감 넘치는 표정을 짓다가 갑자기 들이닥친 묵운에 놀라 기겁을 하며 그대로 바닥을 굴렀다. 몸을 틀거나 칼을 들어 막기가 불가능하다 판단한 것이다.

그러나 그의 움직임을 예상이라도 했다는 듯 방향을 바꾼 묵운이 그의 허벅지를 꿰뚫고 땅속 깊숙이 박혔다.

"컥!"

천휴의 입에서 외마디 비명이 흘러나올 때 그에게 접근한 풍월의 왼 다리가 그의 얼굴을 후려치고 있었다.

풍월의 발길질에 목이 부러진 천휴는 비명도 지르지 못한 채 절명하고 말았다.

"죽어랏!"

풍월을 막기엔 늦었다고 판단한 장로 천렬과 천필은 이를 악물고 풍월을 공격했다.

공격은 무척이나 신속하고 빨랐다.

사전에 약속이라도 한 듯 각기 공격의 방향도 달랐다.

풍월이 천휴의 숨통을 끊는 순간을 노렸기에 풍월이 자신들의 공격을 쉽게 피하지 못할 것이라 여겼다. 그만한 자신감을 가질 정도로 그들의 합공은 위력이 있었다.

풍월의 목을 노린 천렬, 풍월의 하체를 노린 천필의 공격이 동시에 풍월의 몸을 꿰뚫으려 할 때였다.

풍월의 신형이 연기처럼 사라지며 그들의 시야에서 사라졌다.

그야말로 궁극에 이른 뇌운보.

모두 당황하는 순간, 한 걸음 물러나 있던 천수가 벼락같이 외쳤다.

"뒤쪽!"

천수의 외침이 끝나기도 전, 풍월의 신형이 허공에서 뚝 떨어져 내리며 천렬에겐 묵운을, 천필에겐 묵뢰를 휘둘렀다.

묵운에선 자하검법의 절초 자하성광이, 묵뢰에선 풍뢰도법의 절초 풍뢰천화가 펼쳐졌다.

오랫동안 구성에 머물렀던 자하신공이 천마의 무공을 익히는 과정에서 마침내 십성에 올랐다.

십성의 경지는 당대 화산파 최고의 고수로 일컬어졌던 화산검선만이 살짝 엿보았던 경지였다.

자하신공이 십성에 오르자 자하검법 또한 그 위력이 달라졌다.

천렬은 온 세상을 자색 빛으로 물들이며 짓쳐오는 강기의 위력에 놀라면서 칼을 쥔 손에 힘을 주었다.

피할 수도 피할 방법도 없었다.

이를 악문 천렬은 북명천가의 독문내공심법인 적양기공(赤陽氣功)을 극성으로 끌어 올리고 삼십육절참월검법 중 최강의 초식이라 할 수 있는 참월묵강(斬月墨罡)을 펼쳤다.

천렬의 칼에서 뿜어져 나온 묵빛 강기가 무시무시한 위력으로 자색 강기와 맞부딪쳤다.

천필 역시 전력을 다해 회류포월(回流抱月)을 펼쳤다.

참월묵강보다는 강맹함이 부족했으나 공격에 방점을 찍은 참월묵강보다는 보다 유려하고 안정적이었다.

유능제강, 패도적인 기운을 품고 달려드는 묵뢰에 맞서 힘보다는 부드러움으로 상대하는 것이 맞다고 판단한 것이다.

그런 천필의 판단은 옳았다.

강 대 강으로 부딪친 천렬은 처음엔 위력을 떨치는가 싶더니 이내 자하성광의 강맹하고 날카로운 공격에 속수무책으로 밀리고 말았다.

주변을 휘감던 묵빛 강기는 갈가리 찢겨 흔적도 없이 사라지고 그 역시 처참한 몰골로 처박혀 숨이 끊어졌다.

그에 반해 천필은 중첩되는 묵뢰의 공격에도 비교적 잘 버텨냈다. 물론 천열과 비교하여 상대적으로 그렇다는 것이지 치명적인 부상을 면하지는 못했다. 초식이 거듭될수록 증가되는 위력에 옴짝달싹하지도 못한 채 칠공에서 피를 쏟아내고 말았다.

천극과 장로 천광이 그런 천필을 구하기 위해 필사적으로 노력을 했으나 십성의 자하신공을 바탕으로 펼쳐지는 자하검법의 위력은 화산파가 어째서 검선들의 요람이며 지금과 같은 거대 문파로 성장할 수 있었는지를 여실히 증명해 주었다.

* * *

"현재 침옥에는 삼장로, 사장로가 이미 도착해서 대기 중이며 추가로 대장로께서 구장로와 함께 이동 중이십니다. 아마도 하루 정도면 도착하시리라 봅니다."

"뭐, 알아서들 하겠지."

사마조의 보고에 사마용이 심드렁한 얼굴로 말했다.

"또한 금검단 병력 백이 이미 도착해 있고 개천단에서 특별히 차출한 아이들 삼십이 대장로님을 모시고 있습니다."

예상을 뛰어넘는 엄청난 인원에 주변에 있던 이들의 얼굴이 경악으로 물들었다. 특히 개천단이 움직였다는 말에 다들 놀라움을 감추지 못했다.

인원은 몇 되지 않지만 그들 개개인의 무력만큼은 개천회에서도 손에 꼽힐 정도였다.

두 사람이면 능히 한 문파의 장로를 상대할 수 있고, 세 사람이 모이면 필승이라 자부할 정도였다.

그것으로도 부족해 다섯 명의 장로와 금검단까지 움직였으니 거대 문파 한둘은 눈 깜짝할 사이에 지워 버릴 만한 전력이 고작 한 사람을 상대하기 위해 움직인 것이었다.

하지만 침상에 비스듬히 몸을 누인 사마용만큼은 그다지 관심 없다는 표정을 짓고 있었다.

그런 사마용을 보며 사마조는 슬그머니 고개를 돌려 한숨을 내쉬었다. 다른 사람은 몰라도 그는 어째서 사마용이 저리 심통이 난지 알고 있었다.

항주를 떠난 풍월 일행이 곧바로 자취를 감추자 사마조와 개천회의 수뇌들은 그가 침옥으로 향했다고 확신했다. 그렇지 않고선 그렇게 철저하게 자신들의 행적을 지울 까닭이 없다고 판단했다.

풍월이 침옥으로 향했다고 판단한 순간, 그를 잡기 위한 계획이 곧바로 실행되었다.

외부에 있던 삼장로와 사장로, 금검단을 침옥으로 급파하고 대장로와 개천단의 병력까지 침옥으로 떠났다.

문제는 그 과정에서 사마용이 직접 풍월을 상대하겠다고 나선 것. 대장로와 사마조의 필사적인 반대로 결국 침옥행을 포기할 수밖에 없던 사마용은 이후, 모든 일에 저렇듯 심통을 부리고 있는 것이다.

"놈은 언제쯤 도착할 것 같더냐?"

사마용이 어째서 저리 심통을 부리는지 사마조로부터 언질을 받은 이장로 사마풍이 웃으며 물었다.

"정확히 단정 지을 수는 없습니다. 도착을 한다 해도 곧바로 들이치진 않을 테니까요."

"함정인 줄 뻔히 알면서 올까?"

"이미 움직이고 있습니다."

"침옥 주변에 모인 병력을 보고 마음이 변하지 않을까 해서 묻는 말이다."

"그렇다면 반드시 오도록 만들면 됩니다."

사마조의 표정에서 이미 무슨 방안이 있다고 여긴 사마풍이 고개를 끄덕였다.

"솔직히 궁금하구나. 얼마나 대단한 놈이기에 이런 준비까지 해야 하는지. 아쉬워. 조금만 일찍 도착을 했다면 노부도 가보는 것인데."

사마풍의 장난 섞인 말에 질색한 사마조가 사마용의 눈치를 살피며 말했다.

"어휴, 그런 말씀은……."

사마조의 말이 갑자기 들려온 목소리에 끊어졌다.

"문상, 급보가 도착했습니다."

"들어와라."

회의실 문이 열리고 문사 차림의 중년인이 다급한 얼굴로 달려왔다.

"무슨 일이냐?"

"지금 막 전서구가 도착했습니다."

사마조가 중년인이 건넨 서찰을 낚아챘다.

빠르게 전서구를 읽는 사마조의 낯빛이 딱딱하게 굳어버렸다.

"제갈… 세가? 그놈들이 어째서 침옥이 아니라 제갈세가에……."

혼잣말을 중얼거린 사마조가 다시금 서찰로 눈을 돌렸다.

서찰을 읽어 내려가는 사마조의 눈빛이 시시각각 변했다.

궁금함을 참지 못한 사마용이 입을 떼려는 찰나, 사마조가 신경질적으로 서찰을 구겼다.

"무슨 일이냐? 침옥이 아니라 제갈세가라니? 혹, 풍월 그놈이 어디에 있는지 밝혀진 것이냐?"

사마용이 물었다.

"그렇습니다. 놈의 행보가 확인되었습니다."

"침옥이 아니로구나."

방금 전, 사마조가 중얼거린 말을 기억하며 말했다.

"예, 놈은 침옥이 아니라 제갈세가로 움직였습니다. 일전에 오작령에서 마련의 정예가 몰살당한 일이 있습니다. 기억하십니까?"

"기억난다. 제갈세가에서 봉문을 깨고 움직였을 가능성이 높다고 하지 않았느냐?"

"그것도 놈의 짓일 가능성이 높다고 합니다. 제갈세가로 가는 길에 동선이 겹쳤던 모양입니다."

"재수도 없는 놈들이군."

사마용이 피식 웃으며 말을 이었다.

"어쨌건 놈이 침옥이 아니라 제갈세가로 갔다는 것은 충분히 이해할 만하다. 과거의 인연도 있을 것이고, 어쩌면 침옥의 문제에 대해 상의를 하려는 것일 수도 있을 터. 문제는 이후의 행보겠지. 놈은 지금 어디에 있느냐?"

사마용이 입가에 걸린 웃음을 지우며 물었다.

"정확하게 파악은 하지 못한 것 같습니다만, 마지막 발견된 위치를 감안했을 때……."

잠시 말을 멈추고 구겨진 서찰을 바라본 사마조가 힘없이 말했다.

"남궁세가로 이동하는 것 같습니다."

"남궁세가라."

조용히 읊조린 사마용이 허탈한 웃음을 내뱉었다.

"이것 참, 놈에게 제대로 얻어맞았구나. 놈의 성향상 당연히 침옥으로 올 줄 알았건만. 설마 그들의 목숨은 안중에도 없다는 것일까?"

"그건 아니라고 봅니다."

사마풍이 고개를 저었다.

"어째서?"

"상식적으로 생각해서 삼 년이란 시간 동안 포로들을 가둬두었다면 분명 그만한 이유가 있을 텐데 그들의 존재가 노출되었다고 금방 없앨 거란 생각을 하겠습니까? 솔직히 뻔히 함정이란 걸 알면서 놈이 당장 찾아올 것이라 생각한 우리가 어리석었던 겁니다."

사마풍의 말이 끝나자 사마조가 곧바로 반론을 제기했다.

"장로님 말씀대로 상식적인 선에선 놈이 함정으로 걸어 들어올 가능성은 별로 없습니다. 하지만 그렇게 확신하고 있었던 것은 그간 놈이 무림에서 벌인 행적과 성향을 유추했을 때 그럴 가능성이 매우 높았기 때문입니다. 해서 저는 그가 제갈세가에 방문했다는 것을 주의 깊게 살펴볼 필요가 있다고 봅니다."

"어떤 점에서?"

사마용이 물었다.

"제갈세가를 떠난 그가 침옥이 아니라 남궁세가로 향했습니다. 그의 성향상 침옥이 아니라면 당연히 궁지에 몰려 있는 패천마궁이나 북해빙궁과 치열한 싸움을 벌이고 있는 개방으로 향해야 했습니다. 그와 형제의 연을 맺은 구양봉을 구하기 위해서 말이지요. 하지만 별다른 접점도 없는 남궁세가로 움직였습니다."

"제갈세가의 입김이 개입되었다는 것이냐?"

사마풍이 물었다.

"그렇습니다."

"이해가 되지 않는다. 남궁세가를 돕기 위해 움직이는 것보다는 차라리 패천마궁을 지원하는 것이 마련에 훨씬 위협적일 텐데."

"제 추측입니다만 단순히 남궁세가를 도와 마련을 견제하는 것이 목적이 아니라면 어떨까요?"

"무슨 의미냐?"

사마용과 사마풍이 동시에 물었다.

"지난 삼 년간 제갈세가는 봉문을 했습니다. 하지만 그들이 그냥 침묵하고 있을 것이라 생각하시는 분은 없을 겁니다."

"당연하지. 무림 곳곳에서 제갈세가 놈들이 뿌린 간자들이 활약을 하고 있지 않더냐? 오히려 그 누구보다 냉철하게 현 무림의 상황을 살피고 있을 것이다."

사마풍의 말에 사마조가 의미심장한 표정으로 말했다.

"그런 제갈세가의 시선이 급성장을 하고 있는 정의맹에게도 향하는 것은 당연한 일이라고 봅니다."

"설마 놈이 정의맹을 살피러 움직였다는 것이냐?"

사마풍이 깜짝 놀라 물었다.

"그럴 가능성이 있다고 생각됩니다."

"그런 의도라면 바로 정의맹으로 향하면 되는 것이지 남궁세가로 간다는 것도 이상하지 않느냐?"

사마용이 고개를 갸웃거리며 물었다.

"갑자기 정의맹으로 찾아갈 이유가 없으니까요. 마련과 직접적인 충돌을 벌이며 가장 큰 피해를 당하고 있는 곳은 남궁세가를 중심으로 하는 정무련입니다. 정의맹은 약간 빗겨나 있다고 해도 과언은 아니지요. 남궁세가를 도와 마련과 싸우다 보면 자연스레 정의맹과도 엮이게 된다는 생각을 한 것 같습니다. 또한 남궁세가를 통해 정의맹에 대한 정보를 얻을 의도도 있으리라 봅니다."

"그럴 수도 있겠군. 가장 강력한 경쟁자가 등장했으니 철저하게 조사를 했을 것이야. 흠, 당장 드러내지는 못하고 있으나 어쩌면 꼬리를 잡혔을 수도 있겠어."

사마풍의 우려 섞인 말에 사마용도 동의한다는 듯 고개를 끄덕였다.

"남궁세가와 힘을 합쳐 정의맹을 조사한다라. 네 말대로 단순한 추측일 수도 있겠지만 과히 좋은 그림은 아니구나. 제갈세가가 끼어 있다는 것도 마음에 안 들고."

잠시 침묵하며 생각에 잠겼던 사마용이 찻잔을 향해 손을 뻗으며 말했다.

"이제 때가 된 것 같다."

사마용의 시선이 사마조에게 향했다.

"제갈세가를 지워야겠다."

* * *

풍월이 찌른 묵운이 코앞에 다가와 있었다.

천굉이 필사적으로 칼을 휘둘러 막았다.

"크으으!"

강력한 충돌과 함께 천굉의 몸이 뒤로 쭈욱 밀려났다.

풍월이 천굉을 향해 묵운을 던졌다.

빛살처럼 날아간 묵운이 천굉의 몸을 관통하려는 찰나, 필사적으로 달려온 천수가 묵운을 쳐냈다.

풍월이 묵운을 회수하던 순간, 그의 뒤를 노린 천극이 맹렬히 공격을 펼쳤다.

천극의 칼에서 뿜어져 나온 반월의 강기가 세찬 파공성을 내며 풍월을 향해 짓쳐들었다.

삼십육절참월검법의 절초 반월단강(半月斷罡)이다.

천극이 이를 악물고 연속적으로 칼을 휘두르자 반월의 강기가 온 세상을 뒤덮었다.

천마대공을 운기하고 있던 풍월이 묵뢰를 뻗었다.

반월의 강기와는 대조적인 묵빛 고리가 그를 중심으로 뻗어나갔다.

천마무적도 육초, 천마환.

한줌 내력까지 쥐어짜내 펼친 반월단강의 위력도 뛰어났지만 천마환에 비할 바는 아니었다.

묵빛 고리에 부딪친 강기들이 힘없이 소멸되었다. 더불어 풍월의 몸을 보호하고 있는 천마탄강에 의해 충돌의 여파가 고스란히 천극에게 되돌려졌다.

"크악!"

외마디 비명을 지른 천극이 끊어진 연처럼 날아가 처박혔다.

천극이 쓰러짐과 동시에 그때까지 싸움에 끼어들지 못하고 있던 북명천가의 고수들이 사방에서 달려들었다.

그들을 향해 묵운을 던진 풍월이 허공으로 뛰어올랐다.

천마대공의 강력한 내력을 바탕으로 묵뢰를 아래로 내질렀다.

우우우웅!

웅장한 도명과 함께 실처럼 얇게 쪼개진 강기가 비처럼 내렸다.

천마무적도 제이초식 천마우다.

꽈꽈꽈꽈꽝!

지면을 초토화시키는 폭발음과 함께 사방에서 비명 소리가 터져 나왔다.

잘게 쪼개졌다고는 하나, 하나하나에 담긴 위력이 실로 만만치 않았다. 강기에 적중당한 이들 모두가 처참한 몰골로 쓰러졌다. 사지가 절단되는 것은 예사고, 온몸이 갈가리 찢긴 자들도 있었다.

풍월을 중심으로 사방 십여 장 내에 있던 자들 대부분이 목숨을 잃거나 치명적인 부상을 당했다.

땅에 내려선 풍월을 향해 천마우를 펼치기 직전 이기어검의 수법으로 던진 묵운이 천마우가 미치지 않는 곳의 북명천가의 정예들을 수없이 주살하고 돌아왔다.

풍월은 돌아온 묵운을 회수하지 않고 묵리를 휘둘러 묵운의 손잡이를 후려쳤다. 그러자 풍차처럼 회전하는 묵운이 돌아올 때와는 비교도 되지 않을 속도로 사방을 휩쓸고 다니기 시작했다.

그 결과는 끔찍했다.

특별한 방향성을 가진 것도 아닌, 마치 생명처럼 살아서 꿈틀대는 묵운은 전장을 마음껏 헤집고 다녔다.

묵운에 걸린 자들은 머리가 터지고 사지가 절단 나고 몸이 갈가리 찢긴 채 쓰러졌다.

제대로 도망도 치지 못할 정도로 묵운은 빠르고 맹렬하게 움직였다.

동료들이 허무하게 목숨을 잃자 마련에서도 손꼽히는 북명천가의 정예들이 두려움에 떨며 사방으로 흩어졌다.

간신히 묵운의 움직임에서 벗어난 이들은 눈앞에 펼쳐진 참상에 진저리를 쳤다. 정무련 쪽의 무인들 역시 경기를 일으킬 정도로 끔찍한 모습이었다.

묵운이 미친 듯 전장을 헤집고 다닐 때 풍월은 천광과 천수를 향해 천마섬을 펼치고 있었다.

"컥!"

천광의 입에서 외마디 비명이 터져 나왔다.

쩍 벌어진 입, 부릅뜬 눈에서 극도의 공포감이 깃들어 있었지만 공포감은 금방 사라지고 이대로 허무하게 끝낼 수는 없다는 굳은 결의로 바뀌었다.

가슴을 관통당했음에도 쓰러지지 않고 버티던 천광은 풍월이 최후의 일격을 날리려 접근하자 처절한 외침과 함께 파쇄폭멸대법(破碎爆滅大法)을 펼쳤다.

천광의 내부에서 시작된 폭발이 전신을 휘감았다.

수백, 수천 조각으로 분쇄된 살점과 뼛조각은 물론이고 핏방울 하나까지 무시무시한 암기가 되어 풍월을 덮쳐갔다.

천굉이 그런 식으로 자폭할 줄은 예상 못한 풍월이 즉시 몸을 물리며 천마탄강을 극성으로 펼쳤다.

두두두두두.

무수한 살점, 뼛조각이 풍월을 덮쳤지만 그 어떤 것도 풍월이 펼친 천마탄강을 뚫지 못했다.

"아!"

천수의 입에서 탄식이 터져 나왔다.

천굉이 펼친 최후의 한 수마저 무위로 돌아가는 것을 본 천수의 얼굴엔 절망감으로 가득했다.

풍월이 천수를 향해 묵뢰를 뻗었다.

부상을 당하지 않은 몸이라도 감당하기 힘든 공격, 큰 부상을 당한 지금 막아낼 방법이 없었다.

천수는 지그시 눈을 감고 칼을 늘어뜨린 채 죽음을 기다렸다.

바로 그때, 처절한 외침이 들려왔다.

"그만!"

풍월이 천수의 심장을 관통하려던 묵뢰를 갑자기 거두며 물러났다.

풍월의 좌측에서 힘든 기색이 역력한 천종이 비틀거리며 걸어오고 있었다.

그때까지 전장을 헤집고 다니던 묵운이 천종의 귓가를 스치며 풍월에게 날아왔다.

묵운을 회수한 풍월이 한숨을 내쉬며 물었다.

"괜찮냐?"

천종이 쓴웃음을 지으며 고개를 끄덕였다.

"버틸 만은 하다."

"결정은 내린 거냐?"

"결정을 내릴 필요도 없잖아. 이미 끝난 싸움인걸."

천종이 주위를 둘러보며 말했다. 그의 말대로 싸움은 사실상 끝이 난 상태였다.

형응에 의해 수뇌부들을 잃은 마영방과 귀골문은 여산파와 정무련의 공격에 수습하기 힘들 정도로 무너져 내렸고, 북명천가 역시 풍월에 의해 수뇌부가 박살이 나버렸다.

가주인 천극이 상당히 중한 부상을 당했고 핵심 장로들 대부분이 목숨을 잃었다. 더구나 풍월의 무차별적인 공격에 의해 쓰러진 정예들의 숫자만 거의 육십에 이를 정도였으니 가히 학살이나 다름없었다.

"미안하다."

"아니, 네 경고를 무시한 나의, 우리의 잘못이지."

천종은 풍월의 경고를 너무 가볍게 생각한 자신의 어리석음을 뻐저리게 후회하며 한숨을 내쉬었다.

"지금이라도 물러나고 싶은데 그냥 보내줄 수 있겠냐?"

혹여나 풍월이 거절을 할까 걱정을 하는지 천종의 눈에는 한줄기 불안감이 자리 잡고 있었다.

"물론이지."

풍월은 생각할 것도 없다는 듯 고개를 끄덕였다.

"고맙다. 한데 저들이……."

천종이 살기등등한 여산파와 남궁세가 무인들을 힐끗 돌아보며 말끝을 흐렸다.

"괜찮아. 걱정하지 말고 돌아가라."

"그래, 고맙다."

온갖 감정들이 상충되는 눈빛으로 풍월을 바라보던 천종이 천천히 몸을 돌렸다.

서로를 부축하며 힘없이 걷는 천수와 천종을 보며 풍월이 마지막 충고를 했다.

"내가 한 말 잘 생각해 봐라. 개천회는 분명 마련 깊숙이 개입되어 있다."

천종과 천수의 신형이 잠시 멈칫했다. 하지만 그뿐이었다.

제63장

다시 만나다

북명천가의 무인들을 필두로 겨우 목숨을 구한 마영방과 귀골문이 물러나자 곳곳에서 승리의 함성이 터져 나왔다.

몇몇 사람들은 물러나는 적들을 추격하여 격멸시켜야 한다고 목소리를 높이기도 했다. 하지만 대부분의 사람들이 풍월이 천종과 대화를 하고 곧바로 북명천가가 물러나는 것을 확인했기에 그들의 의견에 동조하지 않았다.

그들 말대로 적을 격멸하기에 좋은 기회임은 틀림없지만, 사실상 여산파를 구한 풍월이 그냥 보내는 것에는 그만한 이유가 있을 것이라 여겼기 때문이다.

"고생했다."

풍월이 자신에게 주어진 임무를 제대로 하고 돌아온 형응을 반겼다.

"다친 거야?"

유연청은 형응의 옷에 묻은 피를 보고 혹 부상을 당한 것은 아닌가 걱정했다.

"괜찮아요. 제 피는 아닙니다."

형응이 피 묻은 옷을 벗으며 말할 때 남궁세가와 여산파의 수뇌들이 그들에게 다가왔다.

"묘량이라 합니다. 풍 시주 덕분에 본 파가 큰 위기를 넘겼습니다."

여산파 장문인 묘량이 풍월과 일행을 향해 정중히 허리를 굽혔다.

"아닙니다. 당연히 해야 할 일을 했을 뿐이지요. 한데 저를 어찌 아시는지요?"

풍월은 일면식도 없는 묘량이 자신을 아는 것이 궁금했다.

"남궁 시주 덕분에 알게 되었습니다."

묘량이 웃으며 옆으로 비켜서자 남궁세가를 이끌고 온 남궁연이 말했다.

"화평연의 비무대회에서 그대를 보았지. 마지막 비무를 보면서 얼마나 충격을 받았는지 모른다네. 지금도 가끔씩 당시의 비무를 떠올려 볼 정도로."

"과찬입니다."

풍월이 어색한 웃음을 흘리며 말했다.

"과찬이 아니라 그 어떤 극찬으로도 부족하지. 아무튼 반갑고 고맙네. 남궁연이라고 하네."

"풍월입니다. 이쪽은 제 아우와 친구들입니다."

풍월이 자신들을 소개하자 형응과 유연청, 황천룡도 얼떨결에 인사를 나누었다.

녹림 출신이라는 점에서 유연청과 황천룡이 잠시 주목을 끌기도 했지만, 누구보다 사람들의 관심을 받은 이는 형응이었다.

북명천가의 수뇌들을 물리치고 정예들까지 괴멸시킨 풍월의 활약이야 말할 것도 없지만, 마영방과 귀골문의 방주와 문주를 비롯해서 핵심 수뇌들을 모조리 암살한 형응의 활약 또한 대단한 것이었다.

물론 형응이 자신의 정체를 매혼루의 루주라 밝혔으면 어느 정도 납득을 했을 터지만, 단순히 이름만 밝혔기에 그런 반응은 당연한 것이라 할 수 있었다.

"덕분에 목숨을 구했네."

혹아곤의 발밑에서 처참하게 목숨을 잃을 뻔한 대장로 묘진이 형응에게 감사를 표했다.

"아닙니다."

짧게 대꾸한 형응이 입을 다물었다. 슬쩍 고개를 숙이는 것이 지금의 상황이 무척이나 어색한 모양이었다.

"아우가 낯가림이 조금 심합니다. 이해해 주십시오."

풍월이 형응의 어깨에 손을 걸치며 말했다.

"이해는 무슨. 덕분에 목숨을 구했으니 그저 고마울 뿐이라네."

묘진이 너털웃음을 짓다 흑아곤에게 잃은 팔에서 전해지는 통증 때문인지 살짝 인상을 찌푸렸다.

"한데 놈들과 아는 사이였던 것 같은데, 아닌가?"

남궁연이 조심스레 물었다.

"북명천가의 핏줄 중에 저와 인연이 있는 친구가 있습니다. 화평연의 비무대회에도 같이 출전했고요."

"아, 그랬군. 자네가 패천마궁을 대표해서 참가했다는 것을 잠시 잊었네. 하하하!"

"싸움을 멈추고 물러나고 싶다고 하기에 그러라고 했습니다. 여러분의 의견을 들었어야 했는데 죄송합니다."

풍월의 사과에 묘량이 당치도 않다는 듯 고개를 저었다.

"아닙니다. 솔직히 풍 시주가 아니었으면 힘든 싸움이었지요. 설사 이겼다고 해도 몇이나 목숨을 부지했을지 상상도 할 수 없습니다. 괘념치 마십시오."

"장문인 말씀이 맞네. 또한 전의를 잃고 물러나는 적을 치는 것도 도의는 아니고."

남궁연이 묘량의 말에 동조를 할 때 풍월의 고개는 이미 맞은편, 북명천가의 무인들이 사라진 곳을 향해 있었다.

"무슨 일인가?"

풍월의 표정이 심각해진 것을 본 남궁연이 급히 물었다.

"싸움이 벌어진 것 같습니다."

"싸움이? 하지만 누가 그들을 공격한단 말인가?"

"확인을 해보면 알겠지요."

풍월이 대답과 동시에 몸을 날렸다. 형웅과 유연청, 황천룡이 곧바로 따라붙었다.

남궁연은 주변을 돌아보며 혹시라도 따로 움직인 자들이 있는지 살폈다. 모두 자리를 지키고 있는 것을 확인하곤 안도를 했다.

"하면 누구지?"

궁금증을 가진 채 풍월의 뒤를 쫓았다.

"으악!"

"크아아악!"

끔찍한 비명이 여산을 뒤흔들었다.

촌각도 되지 않는 짧은 시간, 십수 명이 넘는 이들이 목숨을 잃고 쓰러졌다.

"크하하하! 마련의 버러지들! 고작 그따위 실력으로 여산파를 공격한 것이더냐?"

혁련세가의 호법 번천수(飜天手) 주소광의 손속은 실로 매서웠다.

번천수라는 별호답게 그가 사용하는 연환벽력수(連環霹靂手)는 힘겨운 싸움 끝에 물러나는 북명천가 무인들을 마음껏 유린했다.

주소광을 상대할 만한 역량을 지닌 수뇌들 대부분이 목숨을 잃고 크게 다친 상황에 그나마도 다른 고수들을 상대하느라 그를 제어할 사람이 마땅치 않았다.

혁련세가의 호법이 되기 전까지 정사 중간의 인물로 거론될 정도로 잔인한 손속을 지닌 주소광이었기에 그의 연환벽력수에 당한 이들은 예전의 모습을 찾아볼 수 없을 정도로 끔찍한 모습으로 쓰러졌다.

그런 주소광이 지금 맹렬하게 몰아치고 있는 적은 다름 아닌 천종이었다.

풍월에게 제법 심각한 부상을 당한 천종은 주소광의 공격에 변변한 대응도 하지 못한 채 근근이 버티는 것이 전부였다. 반격은 꿈도 꾸지 못했다.

"크윽!"

천종이 짧은 신음과 함께 뒷걸음질 치다가 힘없이 주저앉았다.

다시 일어날 힘도 없었다.

손목이 축 늘어지는 것을 보니 부러진 것이 틀림없었다.

"나름 버텼다만 이젠 뒈질 때가 되었구나, 애송아."

주소광이 천종이 떨어뜨린 칼을 발로 툭 차며 괴소를 터뜨렸다.

천종은 아무런 말도 없이 입술을 꽉 깨물었다.

억울했다. 부상을 당하지 않았다면 설사 이기진 못한다고 하더라도 이런 비참한 꼴은 당하지 않으리란 생각이 들었다.

천종이 자신도 모르게 고개를 돌렸다.

비록 부질없는 것일 수는 있으나 자신이, 북명천가가 목숨을 부지할 수 있는 단 한 번의 기회를 기다렸다.

그리고 그의 기대는 외면받지 않았다.

"쯧쯧, 근성도 없는 놈이로고."

천종에게 다가가는 주소광이 실망감을 드러내며 혀를 찼다.

주저앉은 천종이 아예 고개를 돌리자 모든 것을 체념하고 죽음을 받아들이는 것이라 여긴 것이다.

"뭐, 나쁜 선택은 아니다. 반항하면 할수록 고통만 커질 테니까."

차갑게 웃은 주소광이 천종의 머리를 향해 손을 뻗었다. 하지만 원하는 대로 천종의 목숨을 빼앗을 수는 없었다. 언제 나타났는지 풍월이 그의 팔을 낚아챘기 때문이다.

"괜찮냐?"

"아니, 덕분에 이 꼴이다."

천종이 자조의 웃음을 흘렸다.

"그러기에 처음부터 충고를 들었으면 됐잖아."

"이미 대가는 치르지 않았냐? 그리고 이제 네가 약속을 지킬 차례다."

"그거야 거기 있던 사람들이… 아니다."

어쩌면 억지일 수도 있는 천종의 주장에 피식 웃음을 터뜨린 풍월이 자신의 손을 뿌리치고 물러난 주소광을 향해 말했다.

"이쯤에서 그만두시는 것이 좋겠습니다."

"무슨 개소리냐? 그보다 네놈은 누구냐?"

주소광의 거친 말에도 풍월은 별다른 감정을 내비치지 않았다. 조금 전과 같은 상황이라면 자신이라도 충분히 기분이 나쁠 수 있다고 생각했다.

"풍월이라고 합니다. 그리고 북명천가와는 약조를 했습니다. 여산파에서 물러나며 무사히 돌려보내 주겠다고요."

"노부는 그따위 약조는 모른다. 마련의 쓰레기들은 모조리

지옥으로 보내야 한다는 것만 알 뿐이지. 마련과 연관이 없는 놈이라면 지금 당장 비켜서라. 방금 전의 일은 없던 것으로 하겠다."

가소롭게 웃은 주소광이 풍월을 향해 경고했다. 비켜서지 않으면 당장에라도 손을 쓸 기세였다.

"후~"

풍월의 입에서 한숨이 흘러나왔다.

몇 마디 대화밖에 나누지 않았지만 말이 전혀 통하지 않을 위인이라는 것을 단숨에 깨달았다.

더불어 반 각 전만 해도 북명천가를 막기 위해 애썼던 자신이 이제는 도리어 그들을 살리기 위해 싸워야 하는 상황이 되니 웃기기도 하고 어처구니도 없었다.

그때, 형웅이 전장을 향해 움직이려 했다.

"어디 가?"

"북명천가를 무사히 돌려보내기로 약속했잖아요."

"그런데?"

"하면 저들을 막아야 한다고 생각해서요."

형웅이 가리키는 방향으로 고개를 돌리던 풍월이 어이없는 얼굴로 고개를 저으며 물었다.

"말이 되는 소리를 해야지! 저들을 죽인다고?"

형웅이 오히려 황당하다는 얼굴로 바라보았다.

"설마요, 그냥 적당히 부상만 입힐 생각이었습니다."

"아!"

괜히 할 말이 없어진 풍월이 민망한 웃음을 지을 때, 풍월이 자신의 말을 무시했다고 여긴 주소광이 공격을 해왔다.

풍월은 상황 설명을 했음에도 곧바로 공격을 펼치는 주소광을 보며 인상을 찌푸리곤 곧바로 산화무영수를 펼쳤다.

연환벽력수가 뛰어난 무공임은 틀림없지만 산화무영수에 비할 바는 아니었다.

그것이 전부가 아니었다.

풍월은 왼손으로 산화무영수를 펼쳐 연환벽력수를 막고 오른손으론 뇌격권을 펼쳤다.

산화무영수에 공격이 막히고 움직임마저 제압당한 주소광은 곧바로 들이친 뇌격권을 막을 방법이 없었다.

"크읍!"

가슴을 부여잡고 물러나는 주소광의 입에서 고통스러운 신음이 흘러나왔다. 풍월이 손속에 인정을 두었기에 망정이지, 그렇지 않았다면 그대로 숨이 끊어졌을 터였다.

"네, 네놈이 감히……."

분기탱천한 주소광이 입가를 타고 흐르는 피를 닦으며 내력을 끌어모았다.

어쩔 수 없다는 얼굴로 그에게 다가가는 풍월, 그들 사이로 남궁연이 뛰어들었다.
"멈추시오!"
남궁연을 필두로 뒤늦게 달려온 남궁세가와 여산파의 수뇌들이 전장 곳곳으로 달려가 싸움을 말리기 시작했다.
"멈추시오!"
"다들 멈추시오!"
그렇잖아도 수세에 몰렸던 마련은 곧바로 무기를 거두고 물러났고, 그들을 공격하던 정의맹 무인들 역시 남궁세가와 여산파 무인들을 알아보고 공격을 멈췄다.
"네놈은 누구냐? 당장 비켜라."
주소광이 남궁연을 노려보며 소리쳤다.
남궁연이 미간을 찌푸리다 그래도 예의를 차려 물었다.
"불초, 남궁연이라 합니다. 선배의 방명을 여쭤도 되겠소이까?"
남궁이라는 성에 흠칫한 표정을 지은 주소광이 화를 누그러뜨리며 말했다.
"남궁가의 호걸에게 실수를 했군. 노부 주소광이라 하네."
"번천수 선배셨군요. 만나 뵈어 영광입니다."
"노부를 아는가?"
주소광이 깜짝 놀란 눈으로 물었다.
"물론입니다. 무림을 어지럽히던 태산사흉을 응징하셨을 때부터 그 명성을 듣고 있었습니다."

"허허! 언제적 얘기를……."

주소광의 입에서 너털웃음이 흘러나왔다.

남궁세가의 고수가 자신의 이름을 알고 옛일을 칭찬하자 분노의 마음이 한결 누그러졌다.

"한데 대체 어찌 된 상황인가? 노부는 이해를 할 수가 없네. 저 버릇없는 놈은 누구고?"

주소광이 어느새 몸을 돌려 걷는 풍월을 보며 노기를 드러냈다.

"이런 말씀을 드리긴 그렇습니다만 운이 좋으셨소이다. 만약 저 친구가 살심을 품었다면 아마……."

남궁연이 말끝을 흐렸지만 뒤의 말을 이해하지 못할 주소광이 아니다.

"농이 심하군."

주소광이 불쾌한 얼굴로 말하자 남궁연이 정색하며 되물었다.

"농으로 들리십니까?"

*　　　*　　　*

"대장로님."

문밖에서 자신을 부르는 소리에 막 잠자리에 누웠던 위지허가 인상을 쓰며 일어났다.

서둘러 침옥까지 달려오느라 제대로 휴식을 취하지 못했기에 몸이 제법 고단했기 때문이다.

"들어오너라."

허락이 떨어지자 이번 일로 특별히 차출된 개천단 부단주 능곡이 서찰 하나를 들고 방 안으로 들어섰다.

"무슨 일이냐?"

"문상께서 급히 서찰을 보내셨습니다. 대지급으로 날아온 서찰이라……."

"문상이? 이리 주거라."

사마조가 급히 보냈다면 보통 사안이 아닐 터. 자세를 바로 하고 황급히 서찰을 받았다.

서찰에는 풍월이 침옥이 아니라 전혀 엉뚱한 방향으로 이동을 하고 있다는 내용과 더불어 개천회주의 의지를 담은 한 가지 계획이 담겨 있었다.

"파옥(破獄)이라……."

그다지 마음에 들지 않는 계획이었다. 하지만 개천회주의 분노가 고스란히 담겨 있는 계획이기도 했다.

짧은 한숨을 내쉰 위지허가 그때까지 공손히 시립하고 있는 능곡에게 명했다.

"지금 당장 옥주를 내 방으로 들라 해라. 장로들과 금검단주도 함께."

"알겠습니다."

위지허가 서둘러 문을 나서는 능곡을 보며 조용히 읊조렸다.

"하긴 앞날을 위해서라도 처리하긴 해야지."

*　　　*　　　*

여산파는 큰 문파가 아니다. 도관도 몇 되지 않았고 그나마도 규모가 작았다. 남궁세가와 정무련의 무인들까지는 몰라도 뒤늦게 도착한 정의맹의 인원까지 모두 수용할 수는 없었다.

상당수의 인원이 천막을 치고 밤이슬을 피해야 했으나 풍월과 그 일행만큼은 달랐다. 비록 작지만 그들만을 위한 숙소가 주어졌다.

처음엔 사양하던 풍월이 무슨 생각인지 감사한 마음으로 배려를 받아들였다. 그리고 그날 밤, 풍월은 남궁연을 은밀히 초대했다.

"허! 여산파에서 곡주까지 내주었나? 이거 조금은 서운해지려 하는군."

남궁연이 탁자에 차려진 술상을 보고 입맛을 다셨다.

"묘진 대장로께서 보내주셨습니다."

풍월이 술병을 기울이며 말했다.

"묘진 대장로께서? 하하, 그분이야말로 진정한 주당이시지. 곡주 담그시는 데도 일가견이 있으신 분이고."

"잘 아시는 모양입니다."

"아무렴, 잘 알지. 자네, 여산파와 화산파가 친분이 있는 것 아나?"

"예."

"본가와 여산파 역시 만만찮은 인연을 맺고 있네. 아무래도 지리적으로 가깝기도 하고."

남궁연이 잔을 가득 채우는 선홍빛 액체를 보며 침을 꿀꺽 삼켰다. 방 안을 가득 채우는 주향에 벌써부터 취기가 올라오는 것 같았다.

"백 가지 꽃을 이용해 만드셨다는군요."

"묘진 대장로가 담그신 백화주(百花酒)는 가히 천하제일이라 해도 부족함이 없다네. 운이 좋군. 여간해선 내놓지 않으시는데."

남궁연은 풍월이 따라주는 술을 단숨에 비우며 기꺼워했다.

풍월과 남궁연은 주거니 받거니 하며 순식간에 술병을 비워갔다.

묘진 대장로가 보내준 술이 거의 바닥이 날쯤 남궁연이 술잔을 가만히 내려놓으며 말했다.

"자, 충분히 즐긴 것 같으니 이제 본론을 말해보게나. 어째서 나를 보자고 한 것인가?"

묵묵히 마지막 잔을 비운 풍월이 지나가듯 물었다.

"정의맹에 대해 어찌 생각하십니까?"

예상외의 질문이었는지 남궁연의 눈동자가 크게 흔들렸다.

"그건 어째서 묻는 것인가?"

"이유는 잠시 뒤에 말씀드리지요. 남궁세가에서 생각하는 정의맹은 어떤지 정확하게 알고 싶습니다."

"정의맹이라……."

잠시 생각에 잠겼던 남궁연이 한숨을 내쉬며 말했다.

"세간의 평을 빌리자면 정무련을 대신해 강남무림을 이끌 새로운 힘, 세력이라 할 수 있지. 솔직히 처음엔 마음에 들지 않았네. 뭐, 지금도 그렇기는 하지. 정무련이라고는 하지만 강남무림을 이끄는 세력이라 함은 누가 뭐라고 해도 본가였으니까. 정무련이라 에둘러 표현을 하기는 했어도 그 정무련의 중추는 본가였네."

어쩌면 과도한 자신감, 자부심이라 할 수 있겠으나 풍월은 굳이 반박을 하지 않았다. 남궁세가는 분명 그만한 자격이 있었다.

"내가 서운한 것은 본가가, 정무련이 마련의 공격에 힘들어했을 때 침묵하던 세가와 문파들이 정의맹에는 아낌없이 힘을 보탰다는 것이네. 만약 그들이 보다 일찍 나서서 본가나 정무련을 지원했다면 전황이 지금과는 분명히 달랐을 것이네."

"신흥 삼대세가를 말씀하시는군요."

"맞네. 정의맹의 핵심 전력이라 할 수 있는 그들. 물론 중심에는 은자의 가문이라는 사마세가가 있지만 규모나 전체적인 전력 면에선 삼대세가와는 비교가 되질 않네. 사실상 정의맹의 힘은 바로 그들 삼대세가에 있다고 해도 과언은 아니라네. 솔직히 난, 아니, 우리들은 그들 가문이 이런 결과를 바라고 지원하지 않았다고 여기네. 마련이라는 적을 이용해 새로운 질서를 구축하고 싶은 욕망. 그들이 아무리 세력을 키우고 번창한다고 해도 큰 변화 없이는 기존의 명문을 능가하기는 힘들 테니까."

남궁연이 씁쓸히 잔을 들었다.

"기존의 명문이라면 사대세가를 말씀하시는 겁니까?"

"맞네."

"음, 정의맹과 정무련의 사이는 어떻습니까?"

"표면적으로 나쁘지는 않네. 뭐, 우리 쪽에서 거의 일방적인 도움을 받는 셈이니까 불만이 있어도 드러내지 못하는 상황이기도 하고."

"불만이 있기는 하군요."

"물론이지."

남궁연이 갑자기 목소리를 높였다.

풍월이 가만히 잔을 채우자 단숨에 잔을 비운 남궁연이 말을 이었다.

"세간에는 마련과 정의맹이 치열한 싸움을 하고 정무련이 이를 돕는 것으로 알고 있지만 그건 사실이 아니네. 처음, 강남무림이 마련에 휩쓸렸을 땐 정의맹이 적극적으로 개입한 것이 맞네. 사실 그때는 정의맹이란 이름도 없었지. 오롯이 사마세가를 주축으로 하는 군웅들의 힘이었어. 한데 삼대세가가 합류를 하고 덩치를 잔뜩 키운 지금은 아니네. 오히려 몸을 사리고 있단 말이지. 언제나 놈들과 맞서 싸운 것은 본가와 정무련이었고, 정의맹은 지금처럼 뒷북을 치는 싸움으로 일관했네."

"뒷북이라 하시면……."

"지원이랍시고 싸움이 끝날 때쯤 모습을 보이거나 오늘처럼 도망치는 놈들의 뒤통수 치기를 즐기는 것. 전세가 불리한 싸움은 핑계를 대고 모른 척하기 일쑤고."

"하면 함께 싸운 적이 없단 말입니까?"

풍월이 어이없다는 얼굴로 물었다.

"아니, 함께 싸운 적은 많네. 문제는 처음부터 합류를 하지 않는다는 것일세. 앞서 말했듯 뒤늦게 숟가락을 얹는 경우가 많단 말이야. 피해는 적게 보면서 승리의 영광은 함께하니 자연적으로 명성은 높아질 수밖에 없는 것이고."

"그걸 그냥 두고 보신단 말입니까?"

"그런 도움이라도 필요하니까. 빌어먹을!"

순간, 남궁연의 손에 들린 술잔이 가루가 되어 흩어졌다.

"이렇게 험담을 하곤 있지만 그럼에도 그들을 배척할 수가 없네. 그들의 도움이 없이는 마련을 막을 수가 없으니까. 이게 현실이라네."

남궁연은 손바닥을 타고 흐르는 피를 닦을 생각도 없이 울분을 토해냈다.

몇 잔의 술을 더 마신 남궁연이 비로소 진정된 얼굴로 물었다.

"내 얘기가 끝났으니 이제 자네가 답을 해주게. 정의맹에 대해 물은 이유가 무엇인가?"

호흡을 가다듬은 풍월이 차분히 입을 열었다.

"무림은 지금 엄청난 혼란에 휩싸여 있습니다. 밖으로는 환사도문과 북해빙궁이 무림을 위협하고 있고, 안으로는 마련이 큰 혈난을 일으켰습니다. 그사이 녹림에서도 큰 변고가 일어나 녹림대제가 쓰러졌으며 장강수로맹도 주인이 바뀌었습니다."

"장강수로맹이?"

남궁연이 놀라 물었다.

"모르셨습니까?"

"전혀 몰랐네."

남궁연이 고개를 저었다.

"녹림에 변고가 있기 전 장강수로맹의 주인이 먼저 바뀐 것으로 압니다."

"음."

남궁연의 입에서 침음이 흘러나왔다.

아무래도 장강과 인접한 남궁세가이다 보니 장강수로맹과도 엮일 일이 많았기 때문이다. 아무리 마련 때문에 정신이 없다지만, 그런 중요한 일을 놓치고 있다는 것은 분명 문제였다.

"이 모든 상황에……."

잠시 말을 멈춘 풍월이 남궁연의 눈을 직시하며 말했다.

"개천회가 개입되어 있습니다."

"뭐… 라고?"

남궁연의 얼굴엔 뒤통수를 강하게 후려 맞았을 때 나올 수 있는 표정이 드러나 있었다.

"개천회가 개입되어 있다고 했습니다."

"사, 사실인가?"

남궁연은 도저히 믿을 수 없다는 표정이었다.

"삼 년 전, 그런 일을 벌여 놓고도 지금껏 잠잠하다는 것이 오히려 이상하지 않습니까?"

풍월의 반문에 남궁연이 곤혹스러운 얼굴로 고개를 저었다.

"그, 그렇긴 하지만 모든 이들이 나서서 놈들을 추적했지만 흔적을 찾지 못했네. 작심하고 숨어들었다는 것이겠지. 그런 자들이 이렇듯 대담하게 일을 꾸밀 수 있으리라 누가 생각하겠나? 한데 정말 사실인가?"

"환사도문이 화산파를 공격할 때 개천회와 작당을 한 것을 제가 직접 확인했습니다. 녹림의 변고에 개입한 것 역시 직접 확인을 한 것이고요. 패천마궁에 개입한 것은 그저 짐작만 했을 뿐인데, 제갈세가의 가주께서 확인을 해주셨습니다. 아, 장강수로맹의 일도요."

"제갈세가에서?"

남궁연이 놀란 눈을 치켜떴다.

"예, 북해빙궁에 대해선 아직 확인을 하지 못했습니다만 그 시기가 몹시 공교롭다는 것과 환사도문이 움직이는 시점과 같다는 것을 감안했을 때 그 역시 개천회가 개입했을 가능성이 크다고 봅니다."

"그, 그렇겠지."

남궁연이 얼떨결에 고개를 끄덕였다.

"그리고 한 곳이 더 있습니다. 개천회가 개입했다고 여겨지는 곳이."

풍월의 심각한 모습에 남궁연은 자신도 모르게 침을 꿀꺽 삼켰다.

"두 번째이자 가장 중요한 실마리는 정의맹이네. 아무리 상황이 그렇다고 해도 정의맹의 급성장엔 이해가 되지 않는 면이 많다네. 곳곳에 의심스러운 정황도 보이고. 정의맹을 살피러 떠났던 본가의 세작들 중 단 한 명도 살아서 연락을 취한 적이 없다네. 자네가 그 일을 해줘야겠어."

풍월은 제갈세가를 떠나기 전, 제갈중으로부터 들었던 당부를 떠올리며 말을 이었다.

"정의맹, 제갈세가에선 정의맹에도 개천회가 개입했다고 확신하고 있습니다."

"……."

남궁연은 아무런 말도 못했다. 그저 부릅뜬 눈으로 입만 쩍 벌릴 뿐이었다.

취기가 아닌 경악과 놀람, 두려움과 공포로 인해 얼굴 전체가 빨갛게 달아올랐다.

풍월은 그가 마음을 진정시킬 수 있도록 한참을 기다려 줬다.

"제갈세가에서 그런 추측을 했다면 아마도 사실일 터. 하지만 모두가 놈들에게 동조하는 것은 아닐 테고, 어떤 자들을 의심하고 있던가?"

"당연힌 신흥 삼대세가와 사마세가입니다."

"사마… 세가까지?"

남궁연은 제갈세가가 봉문하는 동안 그 어떤 곳보다 무림을 위해 열심히 일했던 사마세가까지 의심의 범주에 들어간다는 말에 허탈감을 감추지 못했다.

"예, 해서 여쭤본 것입니다. 남궁세가라면 아무래도 그들에 대해 알고 있는 것이 많을 테니 말입니다."

"조사야 많이 했지. 하지만 그 방향이 다르네. 우린 그저 저들이 어떻게 세력을 확장하느냐에만 촉각을 곤두세웠지 개천회가 개입을 했다는 생각은 전혀 하지 못했으니까."

"사소한 조사도 도움이 되리라 봅니다. 보다 자세히 말씀해 주실 수 있겠습니까?"

"물론이네."

흔쾌히 고개를 끄덕인 남궁연은 자신이 알고 있는 범주 내에서 정의맹에 대한 모든 것을 들려주었다. 혹여라도 중요한 사실을 놓칠까 설명하는 내내 집중하는 것이 얼굴에 드러날 정도였다.

남궁연이 거의 한 시진 동안 설명을 하며 지칠 대로 지친 모습으로 돌아가고, 정확히 일각이 지났을 때 풍월이 기다리던 또 한 사람의 손님이 찾아왔다.

"오랜만이다."

약간은 어색한, 그러나 반갑게 인사를 한 사람은 서문세가의 후계자 서문휘였다.

"예, 형님도 잘 지내셨습니까?"

풍월이 정중히 인사했다.

"나쁘지는 않았다."

"그 정도 말로 끝나선 안 될 것 같은데요. 대체 어떤 기연이 있었던 겁니까? 온몸으로 전해지는 기세가 화평연의 비무대회 때와 비교할 수도 없는데요."

풍월이 서문휘의 몸을 찬찬히 살피며 놀라워했다.

"그냥 열심히 노력했을 뿐이다. 너와 초 소저의 마지막 비무를 보고 내가 얼마나 우물 안의 개구리였는지 깨달았거든."

"노력한 만큼의 성과가 있는 것 같아서 보기 좋습니다. 어서 앉으세요."

풍월이 진심을 담아 축하하며 자리를 권했다.

"고맙다."

서문휘가 환히 웃으며 자리에 앉았다.

"화평연에서 만났으니 삼 년이 조금 넘었나? 그런데 꽤나 오랜 시간이 흐른 것 같다."

"그런가요? 전 얼마 되지 않은 것 같은데요."

"아마도 살아 있던 사람과 죽은 줄 알았던 사람의 차이겠지. 어쨌거나 이리 다시 보니 정말 반갑다. 소문에는 네가 사라졌던 동안 천마의… 아니다. 내가 무슨 쓸데없는 소리를 하는지 모르겠다."

서문휘가 민망한 표정을 지으며 술잔을 들었다.

"상관없습니다. 딱히 틀린 소문도 아니니까."

풍월의 말에 막 술잔을 입에 대던 서문휘의 몸이 그대로 굳었다.

"소문… 이 사실이란 말이야?"

"아마도요."

풍월이 두루뭉술하게 대답을 했지만 그건 곧 긍정이나 다름없었다.

술잔을 든 자세 그대로 한참이나 놀란 표정으로 말을 잇지 못하던 서문휘가 자신의 실책을 깨닫더니 단숨에 술잔을 비우고 풍월에게 건넸다.

"축하한다, 진심이다."

"고맙습니다."

풍월은 사양하지 않고 술잔을 받았다.

두 사람은 천문동을 화제로 한참 동안 이야기를 나누었다.

당시의 상황은 앞서 탈출한 자들과 유일한 생존자로 알려졌던 당령을 통해 전 무림인들에 알려졌다.

하지만 당사자였던 풍월에게 듣는 것은 단순히 전해 듣는 것과는 또 달랐다.

풍월은 도화원에서 천마의 무공을 얻는 과정은 은근슬쩍 넘기는 대신 당령이 세상에 감추고자 했던 비밀까지 비교적 자세하게 털어놓았다.

서문휘는 다정독후로 칭송받던 당령이 인면수심의 위선자였다는 설명에 기가 막힌 표정을 지었다. 더불어 풍월이 천마의 무공에 대해 언급을 꺼려한다는 것을 눈치채고 굳이 캐묻지 않았다.

당령을 술안주로 잘근잘근 씹던 서문휘가 어느 순간, 술잔을 탁하며 내려놓고는 풍월을 바라보았다.

"자, 이제 말할 때가 된 것 같은데."

"네?"

"모른 척하지 말고. 이 늦은 시간에 그것도 조용히 부른 것은 뭔가 하고 싶은 말이 있어서 그런 것 아냐? 그게 당령, 그년의 얘기는 아닌 것 같고 단순히 술이나 먹으며 잡담을 하자는 건 더더욱 아닌 것 같은데."

그렇잖아도 본론을 꺼내야 할 때가 되었다고 생각한 풍월은 더 이상 말을 돌리지 않았다.

"맞습니다. 형님을 부른 건 몇 가지 여쭙고 싶은 것이 있기 때문입니다."

"그게 뭐지?"

서문휘가 자신도 모르게 긴장한 표정을 지었다.

풍월은 조금 전, 그와 남궁연이 나눈 대화를 가감 없이 전해주었다.

서문휘는 환사도문과 북해빙궁, 녹림과 장강수로맹은 물론이고, 패천마궁에까지 개천회가 개입했다는 말에 놀라움을 감추지 못하다가 마지막으로 정의맹마저 개천회가 개입했다는 설명엔 아예 할 말을 잃고 말았다.

"지, 지금 네가 한 말이 정말 사실이냐?"

서문휘가 겨우 정신을 부여잡고 물었다.

"농이라고 생각합니까?"

"모르겠다. 너무 엄청난 얘긴지라."

서문휘는 여전히 혼란스러운 모습이었다.

"어쨌거나 네가 묻고 싶은 게 본가가 개천회와 연관이 있느냐는 것이겠지?"

"예."

"없다. 내가 아는 한 절대로 없다."

서문휘가 단호히 고개를 저었다.

"그럼 다행이긴 한데 형님이 모든 것을 안다고 생각하진 않습니다."

"무슨 뜻이냐?"

"형님이 모르는 상황에서 개천회와……."

서문휘가 탁자를 치며 풍월의 말을 끊었다.

"본가를, 어른들을 모욕하지 마라. 척박한 환경에서 이만큼이나 성장시킨 분들이다. 그 과정에서 다소간의 불미스러운 일들이 있을 수 있겠지만 개천회 같은 놈들과 손을 잡는다거나 하는 일은 결코 있을 수 없다."

풍월은 서문휘의 굳은 표정과 확고한 눈빛을 보며 조금은 충격을 줘도 되겠다는 생각을 했다.

"그럼 묻지요. 혹, 음양쌍괴라는 분들을 아십니까?"

"음양쌍괴? 전대의 기인들 아니냐? 그들은 왜 갑자기……."

풍월의 의도를 알지 못해 절로 미간이 찌푸려졌다.

"아십니까?"

"이름이야 알지."

"만나거나 보신 적은 없습니까?"

"없다. 그냥 이름만… 왜 웃지?"

풍월의 미소를 본 서문휘가 불쾌한 얼굴로 물었다.

"삼 년, 아니, 이제 거의 사 년이 되어가네요. 제가 처음으로 서문세가를 방문했던 걸 기억하십니까?"

"물론이다. 약간의 불미스러운 일도 있었고."

"형님 덕분에 무사히 넘어갈 수 있었지요."

"일전에도 물었지만 어째서 갑자기 사라진 것이냐?"

화평연에서 만나 당시의 상황을 물었지만 풍월이 웃음으로 넘어갔던 것을 기억하며 서문휘가 재차 물었다.

풍월이 서문휘를 빤히 바라보다 착 가라앉은 음성으로 말했다.

"노가주께서 천마도를 빼앗으려 하셨습니다."

"뭐… 라고?"

"천마도를……."

"함부로 말하지 마라. 할아버지께선 그런 분이 아니시다."

서문휘가 불같이 화를 냈다. 풍월은 그런 서문휘의 반응과 상관없이 차분히 말을 이어갔다.

"노가주님을 만나고 돌아온 그날 밤, 일단의 무리들이 나와 할머니를 노렸습니다. 그 과정에서 싸움이 있었는데 상당히 뛰어난 무공을 지닌 자들이었습니다. 그래도 솔직히 제 상대는 아니었지요. 바로 그때, 음양쌍괴가 모습을 드러냈습니다."

"……."

서문휘의 눈이 동그래졌다.

"치열한 싸움 끝에 겨우 승리할 수 있었습니다만 부상이 심했습니다. 만약 그때 개방의 구양 형님이 도착하지 않았다면 아마도 이런 모습으로 볼 수는 없었겠지요. 구양 형님은 그때 그 일을 공론화시키려고 했지만 제가 막았습니다. 얼굴도 모르는 아버지지만 그래도 아버지가 나고 자란 가문이었으니까요."

"미, 믿을 수 없다."

애써 부정을 했지만 눈동자며 목소리가 크게 흔들리고 있었다. 특히 개방의 후개가 공론화를 시키려 했다는 것에서 큰 충격을 받았다.

"한 가지 더 말씀드릴까요? 대화상회의 일 말입니다."

"대화… 상회?"

"그것도 제가 한 일입니다. 서문세가로 오기 전에."

"……."

서문휘는 침묵했다. 더 이상 놀랄 힘도 없는 듯했다.

"모르셨던 모양이군요. 당연합니다. 불문에 붙이셨을 테니까요."

"어째서 그런 짓을 벌인 거지?"

서문휘가 힘없이 물었다.

"복잡한 사정이 있긴 한데, 간단히 말씀드리자면 대화상회와 개천회가 밀접한 관계가 있었던 모양입니다. 그걸 제 부모님께서 우연찮게 보셨고. 그걸 안 대화상회에서 매혼루의 살수를 고용하여 제 부모님을 노리신 거고요. 아버지는 그렇게 돌아가셨지만 때마침 은거를 하시려던 화산검선과 철산마도 두 분 할아버지께서 어머니를 구하셨고 이렇게 제가 무사히 태어나게 된 것이지요."

"그래서 복수를 했다?"

"예."

"사실… 이냐?"

서문휘는 자신의 외가에서 그런 짓을 저질렀다는 것을 부정하고 싶은 마음이 간절했지만 풍월은 냉정했다.

"부모님께서 당하신 일입니다. 거짓말을 할 이유가 없습니다. 자, 이제 제가 어째서 서문세가와 개천회가 연관이 있을 수 있다고 의심하는지 알겠지요. 대화상회가 서문세가에 상당한 자금을 제공하는 것으로 압니다. 그런 대화상회가 개천회와 연관이 있으니 개천회와 서문세가와 모종의 관계가 있을 수 있다는 것은 상당히 합리적인 의심이라 생각됩니다만."

서문휘가 아무런 대답도 하지 않자 풍월이 약간은 실망했다는 표정을 지으며 말했다.

"팔은 안으로 굽는다고 제 말을 믿지 못하시는군요."

"그건 아니다."

서문휘가 거칠게 고개를 저었다.

"다만 내겐 너무 충격적인 얘기라… 일단 직접 확인을 해봐야겠다."

서문휘가 벌떡 일어났다.

"만약 서문세가가 개천회와 연관이 있다는 것을 알면 어쩌시렵니까?"

풍월의 물음에 막 방을 나서던 서문휘가 멈칫한 채 고개를 돌렸다.

"그 전에, 확인을 하시려거든 최대한 조심하는 게 좋을 겁니다. 어쩌면 형님의 목숨이 위험할 수도 있습니다."

서문휘는 그 이유를 따로 묻지 않았다.

자신이 비록 서문세가의 후계자라 하더라도 서문세가의 안위에 위협이 된다면 가차 없이 배제될 수 있다는 것을 잘 알고 있기 때문이다.

"다시 오마."

서문휘가 알 수 없는 표정을 지으며 몸을 돌렸다.

"조심하십시오."

걱정스러운 한마디를 내뱉은 풍월이 씁쓸한 표정으로 술잔을 들었다.

서문휘가 사라지자 옆방의 문이 열리고 귀를 기울여 두 사람의 대화를 듣고 있던 형웅과 유연청 등이 들어섰다.

"얘기가 조금 다르네요. 풍 공… 오라버니 아버님의 죽음엔 매혼루가 관계된 것이 아니잖아요. 그리고 전체적인 내용도 그렇고요."

풍 공자라 부르려다 째려보는 풍월의 눈빛에 얼른 호칭을 정정한 유연청이 얼굴을 살짝 붉히며 말했다.

"알아. 하지만 어쩔 수 없잖아. 아버님의 죽음을 파고들어가면 휘 형님의 모친을 거론할 수밖에 없으니까. 또한 그녀가 개천회와 직접적인 관계가 있다는 것을 말하게 되면 죽음에 대한 비밀도 알게 될 가능성이 있어. 아무리 노가주라도 당대 가주의 부인을 제거하는 일은 쉽지 않아. 아마도 가주의 용인이 있었겠지. 할아버지와 아버지가 공모하여 어머니를 죽였다는 사실을 알게 되면 어떨까? 휘 형님은 괜찮은 사람이야. 그런 고통까지 안겨주고 싶지는 않다."

"만약 서문세가가 개천회와 연관이 있다는 것을 알면서도 묵인하면?"

황천룡이 물었다.

"그래도 상관없습니다. 침묵의 대가는 오롯이 자신의 책임지면 될 테니까요. 어쨌건 지금 중요한 것은 휘 형님이 개천회와 서문세가의 연관이 있다는 것을 찾는 겁니다. 찾기만 하면 굳이 말을 하지 않아도 알 수 있습니다."

"어떻… 게?"

황천룡이 이해가 가지 않는다는 얼굴로 묻자 슬그머니 미소를 지은 풍월이 형응에게 고개를 돌렸다.

"형응."

"예, 형님."

"그럼 부탁하자."

"알겠습니다."

간단히 대꾸한 형응이 연기처럼 방문을 빠져나갔다.

황천룡이 멍한 얼굴로 형응이 사라진 방문과 술잔을 드는 풍월을 번갈아 바라보았다.

"놀랄 것 없습니다. 낚시입니다, 낚시."

"서문휘를 감시하겠다는 거지?"

"미끼가 움직이면 그때 낚아채는 것이 낚시 아닙니까? 미끼를 끼워 던졌으니 물고기가 그 미끼를 무나 안무나 확인을 해야지요."

"그, 그렇구나."

얼떨결에 고개를 끄덕이던 황천룡이 문득 물었다.

"그런데 물고기는 누구냐? 서문휘냐, 아니면 개천회냐?"

멈칫하며 황천룡을 쳐다본 풍월이 손에 든 술잔을 단숨에 비우곤 일어섰다.

"어디를 가?"

"형응에게만 맡겨 둘 수는 없잖아요. 적당히 한번 둘러보려고요."

"정의맹?"

"예."

"우리도 갈까?"

황천룡이 엉덩이를 들썩이자 풍월이 고개를 저었다.

"됐어요. 그러다 무슨 사달이 나려고."

손을 휘휘 내저은 풍월이 서둘러 방문을 나섰다.

그 움직임이 조금 전, 방을 나선 형응에 못지않았다.

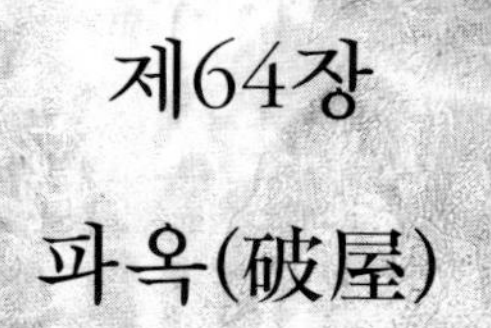

제64장

파옥(破屋)

"후우. 진짜 덥네."

"잠깐 쉴까?"

"그래야겠다. 지쳐도 너무 지쳐."

봉문 중인 제갈세가에서 유일하게 외부 활동을 하고 있는 비응단(費鷹團) 요원 제갈충과 사도진이 이마에 흐르는 땀을 닦으면서 나무 그늘에 주저앉았다. 해가 서산마루에 걸려 있음에도 더위는 대낮의 뜨거운 기운은 꺾이지 않았다.

"마셔. 이제 몇 모금 남지도 않았다."

제갈충이 사도진에게 물주머니를 건넸다.

"사방이 물이니 물이야 채우면 되지만 앞으로가 걱정이다. 대체 이 넓은 곳에서 침옥인가 뭔가 하는 것을 어찌 찾으라는 것인지."

사도진이 얼마 남지 않은 물을 머리에 부으며 말했다.

"어쩌겠어. 위에서 떨어진 명이니 최대한 노력해 봐야지. 조만간 인원을 보충해 주신다고 하셨으니까 조금만 참아보자."

제갈충이 달래보았지만 사도진의 불만은 가시지 않았다.

"재수도 없지. 왜 하필이면 우릴까?"

"몰라서 묻냐? 무이산에서 가장 가까운 곳에 있는 게 우리니까 그렇지."

"그러니까 그 빌어먹을 침옥이라는 게 어째서, 왜, 무이산에 있느냐고!"

사도진이 금세 말라 버린 머리카락을 마구 흐트러뜨리며 절망했다.

"그만 진정해라. 위에선 그래도 네가 이곳에 있다고 크게 안심하는 눈치더라."

"왜?"

"비응단에서 최고잖아."

제갈충이 엄지손가락을 추켜올리자 사도진의 입에서 욕설이 터져 나왔다.

"지랄한다!"

"흐흐흐, 그래도 조금은 다행 아니냐?"

"뭐가?"

"하문까지 이동을 완료한 상태였다면 더 골치 아팠을걸. 사안이 급한 만큼 죽어라 달려야 했을 테니까. 어우, 생각만으로도 끔찍하다."

몸서리치는 제갈충의 말에 사도진도 부정하지 못했다.

"그, 그건 또 그렇네."

"그러니까 좋게 생각하자고 어차피 우리… 왜?"

"쉿!"

사도진이 제갈충의 입을 틀어막으며 황급히 그를 끌고 뒤쪽 수풀로 몸을 숨겼다.

제갈충과 사도진이 수풀 사이에 몸을 숨기고 얼마 되지 않아 무이계곡으로 통하는 길에서 일단의 사람들이 모습을 보였다.

어림잡아도 백여 명은 훌쩍 넘는 인원, 게다가 꽤나 멀리 떨어진 곳에서 숨어 있음에도 온몸으로 전해지는 기세가 실로 대단했다.

제갈충과 사도진은 혹시라도 자신들의 존재가 드러날까 숨도 제대로 쉬지 못한 채 필사적으로 인기척을 지웠다.

그들의 모습이 사라지고 기척마저 완전히 느껴지지 않을 때쯤 비로소 참았던 숨을 내뱉었다.

"야, 아무래도 침옥에서 온 자들 같지?"

제갈충이 물었다.

"느낌이 그렇다. 지금도 소름이 가시질 않아."

사도진이 팔뚝을 북북 긁었다.

"그러게. 하나같이 엄청난 고수들 같더라. 들키는 줄 알고 얼마나 마음을 졸였는지."

제갈충도 등줄기가 축축하게 젖은 것을 의식하며 안도의 한숨을 내쉬었다.

"하지만 저들 덕에 일은 편하겠다."

"무슨 뜻이야?"

"저들이 내려온 흔적을 따라가면 어디겠냐?"

"아!"

제갈충이 무릎을 쳤다.

"가자. 그럴 리야 없겠지만 행여 소나기라도 오면 골치 아파진다."

사도진이 벌떡 일어나 걷자 제갈충이 서둘러 그의 뒤를 따랐다.

흔적을 거슬러 올라가는 것은 그리 어려운 일은 아니었다. 워낙 많은 인원이 움직인 데다가 그들이 특별히 조심을 했다고 하더라도 사도진과 제갈충은 희미한 흔적만으로도 능히 추적할 수 있도록 훈련을 받은 이들이었다. 다만 움직임은 생각보다 더뎠는데 혹여라도 개천회의 고수들을 만날 수 있다는 생각 때문에 몹시 주의를 기울였기 때문이었다.

개천회의 고수라 추정되는 이들의 흔적을 역으로 쫓아 이동한 제갈충과 사도진은 대략 두시진 후, 묘한 곳에 도착을 했다.

관광객의 발길도 전혀 닿지 않는 깊은 산골임에도 곳곳에 인공적인 흔적이 느껴지는 곳. 경사가 가파른 곳에는 계단이 놓여 있었고 계단 옆으론 엄지손가락보다 조금 두꺼운 밧줄도 계단을 따라 이어져 있었다.

무엇보다 그들을 긴장시킨 것은 주변 곳곳에 예상치 못한 함정이 설치되어 있다는 것이다.

"여기 맞는 것 같지?"

제갈충의 물음에 사도진이 더없이 진지한 표정으로 주변을 살피며 고개를 끄덕였다.

"그래, 틀림없다."

"어쩌지? 더 들어가 봐야 하나?"

"글쎄, 최소한 저기까지는 확인을 해봐야겠지만 솔직히 자신은 없다. 아까 만났던 자들과 같은 고수들이 존재한다면 금방 들킬 테니까."

사도진이 그들의 정면, 칠십여 장 떨어진 곳에 위치한 건물들을 가리키며 말했다.

숫자가 제법 되었지만 각 건물들의 크기가 크지 않았고 주변 환경을 해치지 않고 자연스레 어울리도록 지어서 그런지 자세히 살펴보지 않으면 제대로 확인을 할 수 없을 정도였다.

"그래도 침옥의 존재는 확인해야 하잖아. 단순히 건물 몇 개 발견한 것으론 임무를 완수했다고 할 수 없으니까."

"야, 이런 곳에 저런 건물이라면 저게 침옥이지 뭐냐. 그리고 보이지, 경계까지 서는 인물… 어?"

사도진이 건물 주변을 순찰하고 있던 자들을 가리키다 눈을 동그랗게 떴다. 어디서 나타난 것인지 갑자기 튀어나온 자들이 그들을 제압하고 건물에 불을 질렀기 때문이었다.

순식간에 번진 불이 건물은 물론이고 주변의 숲까지 태우기 시작했다.

"뭐, 뭐야?"

"대체 어찌 돌아가는 상황인 거야?"

제갈충과 사도진은 갑작스러운 상황 변화에 몹시 당황을 했다. 하지만 선불리 움직이지 못하고 일단 상황을 지켜보기로 결정했다.

불길 사이에서 온갖 비명과 욕설, 외침이 터져 나오고 병장기 부딪치는 소리까지 들려왔다.

잠시 후, 불길을 등지고 달려오는 이들의 모습이 보였다.

숫자는 정확히 다섯.

그들의 정체를 확신하지 못한 제갈충과 사도진은 몸을 숨긴 채 그들을 관찰했다.

하지만 오래 관찰할 이유가 없었다. 누더기와 다름없는 옷과 두려움과 공포, 절박함이 가득한 그들의 얼굴에서 그들이 바로 침목에 갇혀 있던 자들임을 확신했기 때문이었다.

"잠시만요."

사도진이 그들의 앞을 가로막기가 무섭게 괴인들이 갑자기 공격을 해왔다. 한데 그 공격이 보통 예리한 것이 아니었다. 사도진은 서둘러 피했음에도 단숨에 잘려 나가는 옷자락을 보며 기겁했다.

"지, 진정하십시오. 저흰 제갈세가에서 왔습니다."

제갈세가라는 말에 공격이 멈췄다.

"제갈… 세가?"

사도진의 옷자락을 자른 괴인이 떨리는 음성으로 물었다.

"그렇습니다. 제갈세가에서 왔습니다. 이곳이 침옥이 맞습니까?"

제갈충이 제갈세가의 표식이 새겨진 신패를 서둘러 내보이며 물었다.

"드, 드디어 제갈… 세가가 여기를 찾아낸 것이군. 맞네, 여기가 바로 침… 옥이네."

괴인이 검을 늘어뜨리며 흐느끼듯 말했다.

"어찌된 것인지 여쭤도 되겠습니까?"

사도진이 괴인들을 그들이 은신하고 있던 숲으로 잡아끌며 물었다.

"탈출했네. 근 일 년을 준비해 왔던……."

"한데 이 인원이 전부입니까? 제가 듣기론 침옥엔 적어도 백여 명의 인원이 잡혀 있다고 들었습니다."

제갈충이 괴인의 말을 자르고 물었다.

"아니네. 놈들의 추격을 분산시키기 위해 소수의 인원들끼리 사방으로 흩어져서 탈출을 했네."

"제갈세가의 식솔도 잡혀 있습니다. 혹시 아십니까?"

"알다마다. 우리와 같이 갇혀 있었으니까."

"그, 그들이 어느 쪽으로 탈출한지 아십니까?"

제갈충의 음성이 절로 떨렸다.

괴인이 고개를 돌리더니 왼편으로 손을 뻗었다.

"그들은 서북방으로 탈출했네."

방향을 확인한 사도진이 벌떡 일어났다.

"내가 간다. 너는 이분들을 모시고 탈출해."

뭐라 말을 하려던 제갈충이 입을 다물었다.

사도진은 자신보다 훨씬 뛰어난 능력을 지닌 비응단 최고의 요원이다. 마음 같아선 자신이 직접 움직이고 싶었지만 현 상황에선 사도진이 움직이는 것이 훨씬 현명한 선택이었다.

"그래, 알았다."

"우리가 돌아온 길을 피해라. 침옥이 부서진 것을 알면 그들이 곧바로 몰려올 거다. 알지? 그들과 마주치면 답이 없어."

사도진의 경고가 아니더라도 애당초 그쪽 방향으로 갈 생각이 없었던 제갈충이 무겁게 고개를 끄덕였다.

"두시진 후, 용호암에서 만나자."

제갈충의 말에 잠시 생각하던 사도진이 고개를 끄덕였다.

"시간이 촉박할 것 같긴 한데 알았다. 만약 우리가 도착하지 못하면 곧바로 움직여. 한곳에 머무르면 위험하다."

"알았다. 조심해라."

몸을 돌리려던 사도전이 아차 싶은 얼굴로 고개를 돌렸다.

"아, 그 전에 본가에 전서구부터 띄워. 앞으로의 일이야 어찌될는지는 모르지만 현 상황부터 알릴 필요가 있다."

"알았다. 그건 걱정하지 마라."

"그래."

제갈충과 서로를 걱정하는 눈빛을 주고받은 사도진이 제갈세가의 식솔들이 탈출했다는 방향으로 몸을 돌렸다.

순식간에 사라지는 사도진을 잠시 지켜보던 제갈충이 불안에 떠는 괴인들을 향해 몸을 돌렸다.

"우리도 가죠. 혹시 이곳 지리를 잘 아시는 분이 계십니까?"

"모두 초행이네."

"그럼 제가 안내하겠습니다. 아까 움직이시던 방향으로 이동하다간 무서운 놈들을 만날 수 있습니다."

긴장을 풀어주고 싶었던 모양인지 약간은 장난스럽게 말을 한 제갈충은 문득 눈앞의 괴인들이 누구인지도 모른다는 생각을 했다.

"제가 경험이 일천하여 노 선배님을 알아보지 못했습니다. 혹, 존대성명을 알 수 있을지요."

제갈충의 조심스런 말에 괴인이 환히 웃으며 말했다.

"노도는 화산파의 도은이라 하네.

*　　　*　　　*

어둠이 채 가시지도 않은 새벽, 제갈세가의 가주 제갈중이 침소가 아닌 집무실에 앉아 있었다.

집무실에는 제갈세가의 핵심 수뇌들이 모두 모여 있었는데 워낙 이른 새벽에, 화급을 다퉈 소집한 터에 다들 몰골이 말이 아니었다.

"…해서 이동 중. 전서구에 적힌 내용은 이게 다네."

제갈중의 말이 끝나기가 무섭게 제갈성요가 물었다.

"하면 요운 형님께서도 탈출하셨다는 겁니까?"

"서찰에 적힌 내용은 방금 전 읽어준 것이 전부네. 사도진이 탈출한 본가의 식솔들을 찾아 움직인 것은 맞지만 누가 살아 있는지, 탈출한 것인지는 모른다네."

"멍청한 놈들. 확실하게 확인해서 전서구를 띄워야 할 것 아냐?"

제갈성요가 분통을 터뜨리자 비응단주 제갈후가 달래듯 말했다.

"제갈충이 우선적으로 전서구를 띄운 것은 그만큼 사안이 중대하기 때문입니다. 사도진도 전서구를 지니고 있을 터이니 조금만 더 기다려 보시지요."

"맞네. 본가의 식솔들을 찾는 것도 물론 중요하지만 현 상황에선 침옥의 존재와 그곳에 갇혀 있던 포로들이 탈출했다는 것이 가장 중요한 사안이네. 사방으로 흩어진 그들을 구하기 위해서라도."

"하지만……."

"그만."

제갈원이 제갈성요의 말을 잘랐다.

제갈중의 말에 뭐라 분통을 터뜨리려던 제갈성요가 부친의 매서운 눈빛에 입을 다물었다.

"어찌 대처할 생각인가?"

제갈원이 물었다.

"당연히 구조대를 보내야겠지요."

"봉… 문을 깬다는 말인가? 단순히 정보원들이 활동하는 것과는 차원이 다른 문제네."

제갈원이 흠칫 놀라 물었다.

"식솔들을 구하는 일입니다. 봉문 따위가 중요한 것이겠습니까?"

제갈중의 반문에 제갈원이 고마워하는 미소를 보냈다.

제갈중의 말처럼 한 문파의 봉문은 봉문 따위라고 말할 수 있을 정도로 가벼운 것이 아니다. 무림에 대한 약속이고 신뢰다.

제갈세가의 가장 큰 어른으로서 탈출한 포로 중에 큰 아들이 포함되어 있을 가능성이 많음에도 함부로 봉문을 깨고 그들을 구하자고 주장할 수 없는 자신의 입장을 미리 헤아려 준 제갈중의 배려가 무척이나 고마웠다.

"무이산까지 거리가 얼마나 되지?"

제갈중이 제갈후에게 물었다.

"삼백 리 정도 됩니다."

"삼백 리라면……."

"말을 타고 전력을 다해 이동을 하면 하룻길입니다."

"지금 즉시 움직이라 명하게."

"준비하겠습니다."

"더불어……."

잠시 말을 끊고 생각을 하던 제갈중이 결심한 듯 말했다.

"정의맹에도 전서구를 띄우게."

정의맹이란 말에 다들 화들짝 놀랐다.

"위험하지 않겠습니까? 개천회와 연관이 있는 곳입니다."

"탈출에 성공한 자들이 오히려 위험에 빠질 수도 있네."

우려의 말이 나왔지만 제갈중은 가만히 고개를 저었다.

"세상의 모든 이목이 무이산으로 향하게 되는 상황에서 무리하지는 않을 겁니다. 무엇보다 우리의 힘만으로 탈출한 자들을 모두 구한다는 것도 불가능하고요. 정무련이 나서주면 좋겠지만, 마련과의 일도 그렇고 아무래도 거리가 멀어서 당장 움직인다고 해도 시간이 너무 걸립니다. 그에 반해 정의맹은……."

제갈중의 시선이 제갈후에게 향했다.

"본산이 있는 구강에서 움직이면 사백여 리 정도 됩니다."

"황산진가가 먼저 움직이면?"

"비슷합니다. 오히려 산악 지대가 많아 시간은 더 걸릴 겁니다."

"어쨌거나 본가가 가장 가깝다는 말이군."

"예."

"바로 구조대를 움직이고 도움을 청할 수 있는 모든 이들에게 도움을 청하도록 해보게."

"알겠습니다."

제갈후가 벌떡 몸을 일으켰다.

"아, 잠깐."

제갈중이 막 방문을 나서려는 제갈후를 불러 세웠다.

"풍월 그 친구는 지금 어디에 있나?"

*　　　*　　　*

서문진이 서문세가를 이끈 지 제법 오랜 시간이 흘렀음에도 세가에서 중히 결정해야 할 문제는 여전히 노가주의 처소인 청송헌에서 다뤄졌다.

"휘아가 그런 말을 했다고?"

노가주 서문룡이 미간을 잔뜩 찌푸리며 물었다.

"예, 직접적인 말을 한 것은 아니나 에둘러 물어왔다고 합니다."

서문진의 대답에 서문룡의 표정이 한층 심각해졌다.

"에둘러 물어왔다는 게 중요한 것이 아니다. 어째서 그런 질문을 하게 됐느냐가 중요한 것이지. 그놈이 거기에 있다고 했더냐?"

딱히 이름을 말한 것은 아니나 사도진은 부친이 누구를 언급하는지 금방 알아차렸다.

"예."

"놈이 다른 얘기를 한 것 같지는 않더냐? 혹여 제 어미가……."

서문룡이 서문진의 눈치를 힐끗 보며 말을 아꼈다.

서문진은 이번에도 부친이 무슨 말을 하려는 것인지 바로 알아차리곤 약간은 씁쓸한 얼굴로 말했다.

"문겸이 그건 아닌 것 같다고 확실하게 전해왔습니다. 아, 놈과 아버님 사이에 천마도로 인해 다툼이 있었던 것은 알고 있습니다."

"흥, 노부만 욕심 많고 나쁜 늙은이로 만들었단 말이군."

코웃음을 치기는 했어도 서문룡은 풍월이 서문휘의 모친에 대한 일을 언급하지 않은 것에 눈곱만큼은 고마운 마음이 들었다.

"문제는 개천회와 가장 크게 부딪쳤고, 누구보다 원한이 깊은 녀석이 정의맹에 개천회가 개입했다고 언급했다는 것이다. 이는 생각보다 심각한 문제야. 어찌 생각들 하는가?"

서문룡이 청송헌에 모인 이들을 향해 물었다.

"삼 년이 넘도록 무림을 떠나 있던 놈입니다. 잘못 알고 있는 것 아닐까요?"

전대장로 서문우가 불신에 가득 찬 얼굴로 말했다.

"그건 아닙니다. 제갈세가에서도 그런 의문을 제기했다고 했습니다.”

“아, 그랬지.”

조금 전, 서문현이 보내온 서찰의 내용에 제갈세가가 언급되어 있음을 기억한 서문우가 머리를 툭 치며 민망한 표정을 지었다.

“개천회라면 이를 갈고 있을 제갈세가가 그런 의심을 했다면 거의 확실하다고 봅니다. 물론 갑자기 부상한 사마세가에 대한 질투가 아닐까 생각을 해보기도 했지만 그건 아닌 것 같군요.”

전대장로 서문종의 말에 원로원주 서문경이 맞장구를 쳤다.

“형님 말씀이 맞습니다. 제갈세가가 봉문을 했다고는 해도 제갈세가는 제갈세가입니다. 또한 봉문을 했다고 해도 분명 눈과 귀는 열어두고 있었을 것입니다. 오히려 더욱 눈에 불을 켜고 개천회를 찾았겠지요. 분명 증거를 찾은 것입니다. 다만 돌아가는 분위기를 보니 정확히 어떤 문파가 놈들과 손을 잡았는지는 특정하지 못한 것 같습니다. 풍월 그놈이 휘아를 떠보고 부추긴 것이 그 증거지요.”

“노부도 같은 생각이다. 개천회가 본가에 어떤 수작을 벌였는지 뻔히 아는 놈이 그런 식으로 묻는다는 것 자체가 말이 안 되는 것이……. 설마하니 본가가 그런 모욕을 당하고도 놈들과 손을 잡았다고 생각한 건가?”

서문룡이 온갖 억측을 하며 분통을 터뜨렸다.

"어쨌거나 정의맹에 개천회가 개입을 했다면 분명 경계를 해야 할 일입니다. 자칫하다간 본가가 씻을 수 없는 오명을 뒤집어쓸 수도 있습니다."

서문종의 말에 다들 고개를 끄덕였다.

"정의맹에서 놈들과 연관이 있을 만한 문파는 어디지?"

서문룡이 물었다.

"가장 의심이 되는 곳은 혁련세가입니다. 근래 들어 노골적으로 세를 키우고 있으니까요."

서문진의 대답에 감찰당주 서문겸이 서문경을 슬며시 바라보며 말했다.

"황산진가도 의심스럽습니다. 후계 문제로 인해 얼마 전까지 무척이나 혼란스러웠던 곳이니 은밀히 개입하기엔 아주 적당한 조건입니다. 본가에서도 손을 댔을 정도였으니까."

"흠, 그 말엔 노부도 동의한다."

자신의 핏줄로 인해 황산진가와 직, 간접적으로 엮였다가 풍월의 활약으로 인해 결국 손을 뺀 서문경이 자신의 의견에 힘을 실어주자 서문겸이 슬쩍 고개를 숙였다.

이후에도 여러 문파들의 이름이 나왔지만 대체적으로 자신들과 함께 신흥 삼대세가로 일컬어지는 혁련세가와 황산진가가 주로 언급이 되었다.

바로 그때, 지금껏 별다른 말없이 듣고 있던 강무관주 장로 서문연이 툭 던지듯 물었다.

"다들 이상하네요."

"뭐가 말인가?"

서문룡의 반문에 서문연이 좌중을 둘러보며 말했다.

"사마세가는 왜 의심을 하지 않는 것인지요? 비록 삼대세가에 비해 규모도 보잘 것 없고, 재력도 풍족하지 않고, 그저 나름 뛰어난 지략가가 많다는 장점뿐인 그곳이 정작 정의맹의 구심점이 되고 맹주까지 배출했는데요."

서문연의 질문에 다들 멍한 표정을 짓고 말았다.

그랬다. 서문연 말대로 어쩌면 가장 의심을 해야 하는 곳은 다름 아닌 사마세가. 한데 어째서 완전히 논외로 생각했는지 그들 스스로도 이해를 하지 못했다.

*　　　*　　　*

무이산 서남쪽 능선.

용과 호랑이가 마주 보는 형상의 바위가 있다고 하여 용호암이라 불리는 곳.

추격대를 피해 일찌감치 용호암에 도착한 제갈충 일행은 용호암 인근에 몸을 숨긴 채 사도진을 기다렸다. 하지만 약속 시간이 이미 지났음에도 사도진은 오지 않았다.

초조한 모습으로 사도진을 기다리던 제갈충이 마침내 결단을 내렸다.

"이제 움직여야 할 것 같습니다."

"벌써 말인가? 조금만 더 기다려 보세."

도은이 제갈충의 팔을 잡으며 고개를 저었다.

"지금까지 기다렸는데도 오지 않는 것을 보면 일이 틀어진 것이 틀림없습니다. 이렇게 마냥 기다리다간 모두가 위험해집니다."

"하지만……."

"제 말을 따라주시지요. 탈출한 포로 중 얼마나 살아남을 수 있을지 가늠하기도 힘든 상황입니다. 개천회 놈들의 만행을 세상에 알리기 위해서라도 도장님과 제자 분들이 반드시 살아서 돌아가야 합니다."

개천회의 만행을 알려야 한다는 말에 도은도 더 이상은 제갈충을 막지 못했다.

"알겠네. 자네 말을 따르……."

어쩔 수 없이 고개를 끄덕이던 도은이 갑자기 입을 다물고 제갈충을 잡아끌어 몸을 낮췄다. 비록 오랜 감금 생활 끝에 몸과 마음이 많이 지쳤고 무공도 제대로 회복을 하지 못했지만, 나름 화산파에서 손꼽히는 고수였다. 누구보다 먼저 수상한 기척이 느껴지는 것을 간파한 것이다.

잠시 후, 반대편 숲 쪽에서 용호암을 향해 은밀히 접근하는 자들의 움직임이 전해졌다.

새벽이 가까워 오고는 있지만 여전히 주변은 한 치 앞도 분간하기 힘들 정도로 어두웠다.

사도진이 다른 탈출자를 데리고 온 것일 수도 있지만 추격자일 가능성도 있는 상황.

조여드는 긴장감에 다들 숨도 쉬지 못하고 있을 때 문득 나직한 휘파람 소리가 들려왔다.

제대로 귀를 기울여 듣지 않는다면 단순히 바람소리나 풀벌레가 우는 소리로 착각할 수 있을 정도로 작고 희미한 소리였다. 그 소리를 잡아낸 제갈충의 안색이 대번에 밝아졌다.

"왔습니다."

제갈충이 벌떡 일어나며 소리쳤다.

도은 등이 기겁하여 제갈충을 잡았지만 그는 이미 수풀 밖으로 뛰쳐나가고 있었다.

제갈충이 모습을 드러내는 것과 동시에 맞은편에 숨어 있던 이들도 모습을 드러냈다.

사도진을 필두로 정확히 열한 명의 탈주자들.

사도진의 얼굴을 확인한 제갈충이 환한 얼굴로 달려갔지만 정작 사도진의 안색은 그리 밝지 못했다.

"왔구나."

"그래."

"너무 늦어서 무슨 일이라도 생긴 줄 알았다."

"이곳으로 오는 도중에 다른 일행을 만나서. 게다가 추격자들이 따라 붙는 바람에 따돌리느라 좀 늦었다."

"고생했다. 그런데……."

사도진의 표정에서 뭔가 이상함을 느낀 제갈충은 그 이유를 금방 알 수 있었다. 그를 따라 수풀에서 나온 탈주자들 중에서 제갈세가의 식솔들이 단 한 명도 없었기 때문이다.

"당숙은 못 만난 거냐?"

"그래, 미안하다."

사도진이 씁쓸한 얼굴로 사과를 하자 제갈충이 화들짝 놀라며 고개를 저었다.

"미친! 뭔 소리를 하는 거야. 이런 상황에서 이 많은 분들을 무사히 모셔왔으면서. 걱정하지 마라. 당숙께서도 무사하실 거다."

사도진의 어깨를 두드려 준 제갈충이 지친 기색이 역력한 이들에게 고개 숙여 인사하며 말했다.

"제갈충이라고 합니다. 이곳까지 오시느라 정말 고생하셨겠지만 조금만 더 힘을 내주십시오. 조금 더 안전한 곳으로 이동을 해야 합니다."

누구 한 사람도 불평을 하거나 불만을 드러내지 않았다.

일단 탈출에 성공은 하였으나 무이산이라는 낯선 곳에서 길을 잃고 헤매다 언제 추격자들을 만날지 몰랐다. 그런 상황에서 제갈충과 사도진 같은 전문가(?)를 만난 것은 그야말로 천운이라 할 수 있었다.

"전서구는 띄웠지?"

사도진의 물음에 제갈충이 고개를 끄덕였다.

"봉황령으로 이동한다고 했다."

"전황사(傳凰寺)?"

"그래."

"너무 대놓고 이동하는 게 아닐까? 놈들의 추격이 만만치 않을 것 같은데."

사도진의 우려에 제갈충이 한숨을 내쉬었다.

"어쩔 수 없잖아. 어쨌든 이곳에서 본가를 잇는 최단거리니까. 놈들의 추격을 감안했을 때 크게 우회를 하는 것이 상책이긴 한데 다들 그럴 만한 상태가 아니라고 판단했다."

"하긴, 그건 그래."

탈주자들을 데리고 이동하는 과정에서 몇 번이나 위기를 겪었던 사도진은 제갈충의 말을 부정할 수 없었다.

*　　　*　　　*

침옥에서 포로들이 탈출했다는 소식을 들은 제갈세가는 그 즉시 구조대를 급파하고 정의맹을 비롯해서 여러 문파에 지원을 요청하는 전서구를 띄웠다.

여산파에 머물고 있던 풍월에게까지 연락이 도착한 것은 여산파를 지원하기 위해 움직였던 남궁세가와 정무련, 정의맹의 무인들이 되돌아가기로 한 날의 아침이었다.

"어디로 움직일 생각이냐?"

황천룡이 제갈세가에서 온 서찰을 탁자에 올려놓고 고민에 빠진 풍월에게 물었다.

"생각 중입니다."

"남궁세가가 곧 떠난다고 하더라. 빨리 결정해야 해."

짜증을 내는 황천룡을 외면한 풍월이 형응에게 물었다.

지난 이틀 동안 서문휘의 모든 행동과 언행을 감시하다가 새벽에 복귀한 형응은 상당히 피곤한 모습이었다.

"어때?"

"수상한 점은 없었습니다. 나름 심각하게 받아들였는지 많이 고민하고 함께 온 집안 어른들에게 에둘러 질문도 해보는 것 같지만 그다지 의미 있는 정보는 없었습니다."

"후계자라고 해도 아직 어린 나이야. 집안 어른들이 의도적으로 감춘 것일 수도 있잖아."

황천룡의 말에 형웅이 고개를 저었다.

"그건 아닌 것 같습니다. 만약 의식적으로 속인 거라면 사마휘가 돌아간 다음에 어떤 반응이 있어야 했지만 지켜본 바, 그런 낌새는 없었습니다."

"나도 대충 둘러봤는데 다른 곳도 마찬가지야. 크게 수상한 점은 없더라고."

"그래서, 어쩐다는 거야?"

황천룡이 다시 물었다.

"정의맹으로 가야겠습니다."

"정의맹?"

"예, 원래는 남궁세가로 가려고 했는데 이제 그럴 필요가 없어졌네요. 호랑이를 잡으려면 호랑이 굴로 가야 한다고, 일단 부딪쳐 봐야겠습니다. 명분도 좋고."

풍월은 제갈세가가 정의맹에 도움을 요청한 것을 좋은 기회라 여겼다.

"좋은 생각 같아요. 개천회가 정의맹에 개입한 것이 틀림없다면 이번 일로 뭔가 움직임이 있을 테니까요."

유연청의 말에 풍월이 고개를 끄덕였다.

"맞아. 혼란스러운 만큼 파고들 허점도 많을 테고."

결정을 내린 풍월이 곧바로 방문을 나섰다. 자신들을 기다리고 있을 남궁세가를 만나 사정 설명을 한 뒤 곧바로 서문휘를 만나 도움을 청할 생각이었다.

하지만 풍월의 계획은 시작부터 틀어졌다.

정의맹에서 여산파를 지원하기 위해 움직였던 이들에게 곧바로 남하를 명했기 때문이다.

*　　　　*　　　　*

"제갈세가가 움직였다고?"

사마용이 나른한 얼굴로 물었다.

"예, 어제 새벽에 와룡대(臥龍隊)가 은밀히 정문을 나선 것으로 확인이 되었습니다."

사마조의 대답에 사마용이 코웃음을 쳤다.

"그토록 신속히 움직이다니. 역시 봉문 따위는 허울에 불과한 것이었어. 무이산이겠지?"

"그런 것 같습니다."

"정의맹에도 도움을 요청했다고 들었다."

"그렇습니다."

"정무련이 아닌 정의맹이라니 제갈세가답군. 그래서, 누가 움직였느냐?"

"여산으로 향했던 서문세가와 혁련세가의 병력을 남하하도록 지시했다고 합니다. 오늘 밤이면 그들도 무이산에 도착할 것 같습니다. 참고로 풍월이 서문세가와 함께 움직이고 있습니다."

"풍월이?"

사마용의 눈빛이 차갑게 빛났다.

"예."

"재밌는 전개구나. 제 놈이 곧바로 침옥만 찾았어도 이렇게 상황이 복잡하게 되지는 않았을 텐데. 흥, 어째서 이렇게 되었는지 놈에게 똑똑히 알려주거라."

"그리 조치하겠습니다. 그리고 서문세가의 움직임이 심상치 않다는 보고도 올라왔습니다."

"서문세가? 풍월과 함께 움직이는 놈들?"

"정의맹에 머물고 있는 놈들의 움직임이 수상하다는군요."

"어떻게 수상하다는 것이냐?"

"은밀히 본가를 살피고 있다는군요."

"그런 행동이야 이전부터… 흠, 따로 보고를 올릴 정도라면 그 정도가 심해졌다는 말이겠지."

"예, 뭔가 눈치라도 챘는지 전력을 다해 파고 있다고 합니다."

"쯧쯧, 멍청한 놈들. 헛짓을 하고 있구나. 그런다고 나올 것이 없을 텐데."

사마세가의 가주를 비롯하여 핵심 수뇌들과 식솔들이 대거 정의맹에 머물고 있지만 양지의 사마세가와 음지의 개천회는 철저하게 거리를 두고 그저 정보만 교환하는 상태인지라 걱정할 것이 없었다.

"일단 그냥 지켜보라고 하여라. 어차피 조만간 어느 정도는 정리를 할 수 있을 테니까. 참, 혁련세가는 요즘도 그런다고 하더냐?"

"예, 이제는 노골적으로 세력을 규합하는 것 같습니다."

"어리석은 놈들. 어째 하나같이 멍청한 생각만 하는지. 그 놈들도 일단은 지켜보기만 하라고 해. 서문세가와 함께 손을 쓰자꾸나."

"그리 전하겠습니다."

*　　　*　　　*

희미하게 들려오는 풍경(風磬: 처마 끝에 다는 작은 경쇠, 보통 종) 소리에 문득 걸음을 멈춘 제갈충이 소리를 따라 시선을 돌렸다.

"아!"

저 멀리 어둠 속에 자리 잡은 전황사의 모습을 확인한 제갈충의 입에서 감격 어린 탄성이 터져 나왔다.

"드디어 도착했구나."

곁으로 다가온 사도진이 지친, 그러나 더없이 환한 표정으로 전황사를 응시했다.

드디어 도착이다.

용호암을 출발하여 만 하루, 평상시라면 반나절도 되지 않아 도착했을 거리지만 몸과 마음이 피폐해진 탈주자들과 함께 추격대를 뿌리치느라 얼마나 많은 고생을 했는지 모른다.

그 과정에서 제갈충과 사도진은 온갖 부상을 당했고, 힘든 와중에도 그들을 돕던 탈주자들도 두 명이나 목숨을 잃었다.

"본가에선 아직 도착하지 않은 모양이다."

제갈충이 주변을 살피며 입술을 깨물었다.

거리상 아무리 빨리 움직인다고 해도 제갈세가의 병력이 도착하는 것은 무리라는 걸 안다. 그럼에도 불구하고 혹시나 하는 마음이 있었다.

"곧 오겠지. 우리의 상황을 뻔히 알 테니까."

사도진이 제갈충을 달래며 주변을 돌아보았다.

아무렇게나 쓰러져 휴식을 취하는 탈주자들의 모습을 보니 더 이상의 이동은 무리라는 것이 느껴졌다.

'이제부터는 시간 싸움이다.'

제갈세가의 병력이 먼저 도착할지, 추격대가 먼저 도착할지 모르는 피 말리는 상황이었다.

'행여나도 추격대에게 발견되면 본가의 병력이 올 때까지 버

틸 가능성이 없는……'

생각은 이어지지 못했다. 느닷없이 화살이 날아들었기 때문이다.

다행히 재빨리 움직여 화살을 쳐내 목숨을 잃거나 부상을 당한 사람은 없었으나 화살이 날아들었다는 것 자체가 그들이 심각한 위험에 빠졌다는 것을 알려주었다.

'제기랄! 결국 추격대가 먼저였군.'

이를 악문 사도진이 화살이 날아든 방향으로 움직였다.

수풀 사이로 십여 명에 이르는 자들이 모습을 드러냈다.

그들의 숫자를 본 사도진의 눈에 절망감이 어렸다.

세 시진 전, 제갈충은 물론이고 탈주자들의 도움을 받아 제거한 적의 숫자가 고작 세 명이었다. 그럼에도 두 명이 목숨을 잃었다.

한데 이번엔 열 명이 넘었다. 이는 곧 이길 가능성이, 아니, 살아남을 가능성이 전무하다는 것을 의미했다.

"버러지 같은 놈들. 멀리도 왔네."

추격대의 선두에 선 사내가 스산한 살기를 드러내며 웃었다.

땀으로 번들거리는 이마가 그들 역시 탈주자를 잡기 위해 꽤나 고생을 한 것 같았다.

"네놈들이 준 선물은 잘 받았다. 아주 난도질을 해놓았더구나."

난도질이라는 말에 조금씩 포위망을 좁히는 사내들의 전신에서 무서운 살기가 뿜어져 나왔다.

"애들아!"

"예, 조장."

"사냥을 시작하자."

사내의 말이 끝나기가 무섭게 사내들이 동시에 달려들기 시작했다.

하지만 그들은 몰랐다. 제갈세가에서 출발한 와룡대가 이미 지척에 도착해 있음을. 정작 누가 누구에게 사냥을 당해야 하는 것인지를 말이다.

* * *

여산파를 떠나 곧바로 남하하여 무이산에 도착한 서문세가와 혁련세가는 무이산 북부 초입에서 서로 병력을 나누었고, 풍월과 그 일행은 당연히 서문세가와 함께 움직였다.

"후! 벌써부터 산세가 장난이 아니네."

황천룡이 끝없이 펼쳐진 능선을 보며 질린 표정을 지었다.

"명색이 녹림의 총순찰이 산을 보고 그런 말을 하면 어쩝니까?"

풍월이 어이없다는 얼굴로 되물었다.

"녹림이라도 이렇게 크고 깊은 산엔 산채를 두지 않는다. 먹을 게 없잖아, 먹을 게. 그나저나 이 넓은 곳에서 어떻게 찾는다는 거냐?"

황천룡의 물음에 풍월이 한숨을 내쉬었다.

"그래도 여러 곳에서 달려왔다고 하니 어찌 되겠지요."

침옥에서 포로들이 탈출했다는 소식을 접한 제갈세가는 정의맹을 포함하여 무이산에 근접해 있는, 연락이 닿는 거의 모든 곳에 전서구를 띄워 도움을 청했다.

이에 호응한 문파의 수만 열일곱 곳에 달했고, 동원된 무인의 수도 사백이 훌쩍 넘었다.

여산파에 있다가 달려온 정의맹 병력과 본가로 복귀하려다 급히 무이산으로 이동한 남궁세가의 병력까지 모두 포함하면 오백이 넘는 숫자였다. 그럼에도 불구하고 무이산의 크기를 감안했을 때 턱없이 부족한 수였다.

"한데 탈주자들을 만났다고 해도 걱정이네요."

"왜?"

"알잖아요. 개천회 놈들의 실력이 결코 만만치 않아요. 소수로 움직였다가 괜히 피해만 커질 수 있어요."

"그건 또 그렇네. 진짜 지독한 놈들이었으니까."

황천룡이 고개를 절레절레 흔들 때였다. 앞서 이동하던 서문세가 진영이 크게 술렁거렸다.

뭔가 심상치 않은 느낌을 받은 풍월이 곧바로 몸을 날렸다.

"무슨 일……."

때마침 서문휘를 만난 풍월이 질문을 하려다 그대로 입을 다물었다.

그들의 정면, 커다란 나무에 여섯 구의 시신이 매달려 있었다.

숨이 끊어진 지 얼마 되지 않았는지 그들의 다리 밑에 떨어진 핏물이 채 굳지도 않은 상태였다.

"이게 대체……."

황천룡은 눈앞의 시신을 보며 차마 말을 잇지 못했다.

녹림의 총순찰을 하며 온갖 사건과 상황을 경험했다.

녹림이라는 말로 포장을 했지만 본질은 산적들이 아닌가. 그들만큼 거칠고 잔인한 이들도 없었다.

참수는 물론이고 온갖 방법으로 고문을 하여 목숨을 뺏는 일을 많이 보아왔다. 하지만 단언컨대 지금처럼 끔찍한 장면을 목격한 적은 단 한 번도 없었다.

사람의 몰골이 아니었다.

뼈에 가죽만 붙어 있을 정도로 말랐는데 그나마 남은 살마저 마치 포를 뜨듯 촘촘히 저며져 있었고 상처마다 소금이 뿌려져 있었다.

두 눈을 도려내고 코와 귀를 베어냈고 손가락과 발가락까지 잘린 상태였다. 배는 갈라져 내장이 줄줄 흘러내렸다.

아무도 움직이지 못했다.

시신을 수습할 엄두를 내지 못했다. 상당수 인원이 그대로 숲으로 달려가 토악질을 해댔다.

그나마 경험이 많은 형응과 황천룡이 시신을 매단 줄을 끊고 그들을 땅에 뉘였다.

"형님."

마지막 시신을 수습한 형응이 그의 입에 물려 있던 천 조각을 가지고 풍월에게 다가왔다.

풍월이 굳은 표정으로 형응을 바라보았다.

"이거, 놈들이 형님한테 남긴 말 같습니다."

풍월이 형응이 건넨 천 조각을 받아 들었다.

피로 적힌 글귀가 눈에 들어왔다.

네놈에게 주는 선물이다.

딱히 이름이 적힌 것은 아니나 형응의 말대로 개천회 놈들이 자신에게 보내는 것임을 직감했다.

"이 개새끼들이!"

풍월이 피가 나도록 천 조각을 움켜쥐었다.

*   *   *

"뭐라고?"

위지허가 탁자를 후려치며 벌떡 일어났다.

탁자가 산산조각 나 흩어졌다. 그 파편이 얼굴을 때림에도 개천단 부단주 능곡은 감히 움직이지 못했다.

"똑바로 말을 해라. 삼장로가 어찌했다고?"

위지허의 눈매가 분노로 일그러지고 목소리엔 살기마저 일었다.

"추격조와 함께 움직이신다고 합니다. 북쪽으로 이동 중이라고……."

"언제 알았느냐?"

"조금 전에 확인을 했습니다. 죄송합니다."

무릎을 꿇은 능곡이 고개를 땅에 파묻듯 숙였다.

"하아!"

위지허의 입에서 장탄식이 터져 나왔다.

한참이나 마음을 다스리지 못하던 위지허가 아직도 무릎을 꿇고 고개를 숙이고 있는 능곡을 향해 말했다.

"일어나거라. 네가 무슨 잘못이 있겠느냐? 작심하고 속인 삼장로가 문제인 것이지."

"감사합니다."

"하문으로 향하다 그가 갑자기 발걸음을 돌린 이유가 있을 터. 혹시 삼장로가 풍월이 정의맹에서 보낸 구출대에 포함되었다는 것을 알고 있다더냐?"

위지허가 물었다.

"예, 제가 확인한 바로는 그 소식을 듣고 발걸음을 돌리셨다고 합니다."

"아!"

자신의 예상이 맞았음을 확인한 위지허의 입에서 다시금 탄식이 터져 나왔다.

개천회의 삼장로 사마혼은 그 누구보다 호승심이 강한 인물이다. 무공에 심취한 개천회주이자 사마혼의 큰형 사마용의 호승심도 대단했지만 사마혼은 그런 사마용마저 한 수 접어둘 정도였다. 그런 사마혼이 최근에 팔대마존 서열 이위 뇌정마존의 무공을 대성했다.

"삼장로는 뇌정마존의 무공을 대성하자마자 회주에게 비무를 신청했지. 물론 나에게도. 개천회의 일에 별다른 관심이 없던 그가 침옥으로 온 것도 풍월을 만나기 위함이었다. 노부가 너무 방심했구나. 풍월이 이곳으로 오고 있다는 것을 들었을 때부터 삼장로의 움직임을 확인해야 했거늘."

안일했던 자신을 심하게 자책한 위지허의 눈빛이 변했다.

"당장 삼장로를 찾아라. 모든 인원을 동원해. 탈주자들을 쫓던 놈들까지 모조리."

"예."

"사장로는 어디에 있느냐?"

"금검단과 함께 회로 돌아가시는 중입니다."

"그들 역시 당장 소환해라. 어서!"

"명 받들겠습니다."

고개를 숙여 대답한 능곡이 황급히 물러났다.

"이 바보 같은 녀석아. 나이가 몇인데 아직도 어린애처럼 군단 말이냐. 혼자는 안 된다. 절대로 혼자는 안 돼!"

어릴 때부터 친형제처럼 지내온 사마혼. 위지허는 홀로 풍월을 상대하기 위해 움직인 그를 떠올리며 자신도 모르게 입술을 잘근잘근 깨물었다.

제65장

인간이 아니다

여섯 구의 처참한 시신을 만난 후, 풍월은 서문세가와 따로 움직이기 시작했다. 서문세가와 떨어진 풍월과 그 일행은 지금까지와는 비교도 되지 않을 정도의 빠른 속도로 주변을 훑었다. 황천룡과 유연청마저 겨우 따라붙을 정도로 강행군을 했으나 탈주자들은 물론이고 그들을 쫓는 적들 역시 단 한 사람도 만나지 못했다. 그렇게 반나절이 지났다.

"난 도저히 안 되겠다."

황천룡이 바닥에 주저앉으며 말했다.

여산파에서 무이산까지 쉬지 않고 달려왔다. 게다가 이어진 강행군은 체력적으로 도저히 감당할 수가 없었다.

"저도 더 이상은……."

유연청이 미안한 표정을 지으며 바위에 기댔다.

풍월은 땀과 흙먼지로 범벅이 된 두 사람을 바라보다 형웅에게 고개를 돌렸다.

"난 괜찮습니다."

형웅이 걱정하지 말라는 손짓을 보냈다.

"확실히 그래 보인다."

쓴웃음을 지은 풍월이 황천룡 옆에 앉았다.

"왜?"

"같이 쉬죠."

"우리 때문이라면 그러지 마라. 도와주지는 못할망정 짐이 되는 건 싫다."

황천룡이 정색하며 말했다.

"아니니까 걱정 말아요. 이렇게 홍분해서 돌아다녀 봤자 별 의미가 없을 것 같아서요. 괜히 힘만 들고."

"힘이 들기는 하냐?"

황천룡이 피식 웃으며 물었다.

"나도 인간입니다. 당연히 힘들죠."

"땀방울 하나 흘리지 않으면서 거짓말은. 아무튼 알았다. 조금만 시간을 줘. 금방 기운 회복해서 일어날 테니까."

큰소리로 외친 황천룡이 옆구리에 차고 다니는 주머니를 빼 들더니 길게 자른 육포 조각을 꺼내어 입에 물었다.

"자."

황천룡이 육포를 권했다. 풍월과 유연청은 사양했지만, 먹을 수 있을때 먹고, 쉴 수 있을때 쉬어야 한다는 살수의 철칙에 충실한 형웅은 아무말 없이 육포를 받아 들었다.

유연청은 육포 대신 물을 꺼내 마셨고 풍월은 황천룡이 또 다른 주머니에서 꺼내 흔든 술병을 기꺼이 받아 들었다.

짧지만 여유로운 휴식이 이어지는 동안 해가 지고 서쪽 하늘에 핏빛 노을이 자리잡았다.

그때였다.

"으아아악!"

휴식을 끝내는 비명이 노을빛을 타고 전해졌다.

꽤나 멀리서 들려오는 터라 정확히 위치를 가늠할 수는 없었다.

벌떡 일어난 풍월이 술병을 던지곤 바람처럼 내달렸다. 그의 모습이 완전히 사라진 다음에 황천룡이 술병을 받아낼 정도로 엄청난 속도였다.

"야, 우리도… 허!"

뒤를 돌아보던 황천룡이 허탈한 웃음을 토했다. 꼼꼼하게 육포를 씹던 형웅의 모습도 이미 사라지고 없었기 때문이다.

"가요."

유연청이 황천룡의 팔을 잡아끌었다.

"그, 그래."

얼떨결에 대답을 하며 유연청을 따라 달리는 황천룡은 자신이 엄청난 인물들과 함께 다니고 있음을 새삼 깨달을 수 있었다.

"저놈들이 어떻게 여기까지 도망칠 수 있었지? 완전히 망가졌다고 하지 않았더냐?"

사마혼이 필사적으로 검을 휘두르는 사내들을 가리키며 물었다.

"저도 이해가 잘 되지 않습니다. 옥에 갇혀 있을때만 해도 제대로 움직이지도 못하던 놈들이었습니다."

침옥의 경비를 책임졌던 화염대 부대주 원호가 도저히 이해할 수 없다는 얼굴로 말했다.

"저걸 봐라. 대체 어디를 봐서 망가졌다고 믿겠느냐? 아니면 너희들이 그동안 수련을 게을리 한 것이던가."

"송구합니다."

원호가 민망한 얼굴로 고개를 숙였다.

"변명할 시간에 빨리 정리하여라. 저런 쓰레기들과 노닥거릴 시간이 없다."

"알겠습니다."

재빨리 대답한 원호가 즉시 몸을 날렸다.

탈주자들 중 이제 남은 놈은 한 놈. 삼장로의 비위를 거스르지 않기 위해서라도 마지막까지 저항을 멈추지 않고 있는 자의 숨통을 단숨에 끊어버려야 했다.

"쯧쯧, 진작에 그리 움직였으면… 음!"

원호의 움직임을 보며 혀를 차던 사마혼의 눈빛이 갑자기 날카로워졌다.

사마혼의 시선이 마지막 탈주자의 어깨 너머로 향했다.

뭔가가 엄청난 속도로 다가오고 있었다.

팔뚝에 소름이 돋았다. 전신의 솜털이 바짝 곤두섰다.

평생토록 이 정도 긴장감을 느낄 수 있는 상대는 없었다고 해도 과언이 아니다.

'놈이다.'

사마혼은 급격히 거리를 좁히며 달려오는 존재가 풍월임을 확신했다.

입가에 절로 미소가 지어졌다. 흥분감으로 인해 전신의 떨림이 멈추질 않았다.

문득 자신 앞에서 벌어지고 있는 싸움이 아직도 끝나지 않았다는 것에 기분이 나빠졌다.

"쓰레기들이……."

입술을 비튼 사마혼이 팔을 들었다.

소림사에는 백보 밖에서도 적을 쓰러뜨릴 수 있다는 백보신권이 있다. 하지만 그런 권이 소림사에만 있는 것은 결코 아니다.

사마혼이 벽력신권, 삼초식 붕산격(崩山擊)을 펼쳤다.

묵직한 권강이 원호의 공격에 형편없이 밀리고 있던 사내의 가슴에 그대로 꽂혔다.

붕 떠서 날아가는 사내를 허탈한 눈으로 바라보는 원호, 한 줄기 빛이 날아와 그런 원호의 숨통을 끊어버렸다.

"음."

외마디 비명도 지르지 못한 채 무너지는 원호를 보며 사마혼의 입에서 침음이 흘러나왔다.

사내의 몸에 기분 좋게 붕산격을 꽂아 넣는 순간 반대편에서 날아오는 검을 확인하기는 했으나 이미 경고를 하기도 늦은 상황인지라 지켜볼 수밖에 없었다.

솔직히 조금은 원호의 실력을 믿고 있었는데 설마하니 저렇듯 아무런 반응도 하지 못하고 숨통이 끊어질 줄은 예상치 못했다. 그렇다고 원호를 욕하고 싶은 마음은 없었다. 원호를 욕하기엔 상대의 공격이 너무도 날카롭고 매서웠다.

'이놈은 진짜다.'

상대의 강함을 다시금 확인한 사마혼은 주체할 수 없는 흥분감에 온몸을 부르르 떨었다.

수풀이 갈라지며 마침내 풍월이 모습을 드러냈다.

사마혼은 자신이 날려 버린 사내를 안아 드는 풍월을 보며 양팔을 활짝 벌렸다.

"자, 오너라!"

사마혼의 음성이 주변을 쩌렁쩌렁 울렸다.

풍월은 끊어진 연처럼 날아오는 사내를 재빨리 안아들었다.

바로 그때, 사내의 몸이 폭죽 터지듯 터져 나가며 풍월의 전신을 피로 물들였다.

고깃덩이로 변해 버린 사내의 몸을 안아 든 풍월은 한참 동안 움직이지도, 아무런 말도 하지도 못했다.

"아!"

뒤늦게 달려온 유연청과 황천룡은 피를 흠뻑 뒤집어쓴 채 우두커니 서 있는 풍월을 보며 어쩔 줄을 몰라 했다.

입술을 꼬옥 깨문 유연청이 풍월을 향해 다가갔다. 그러고는 그가 안고 있는 사내의 시신을 받아 땅에 내려놓더니 옷소매로 풍월의 얼굴에 묻은 피를 닦아냈다.

"용서하지 말아요."

풍월은 아무런 대답도 하지 않았다. 하지만 유연청은 자신을 바라보는 풍월의 눈빛에서 대답을 들었다고 생각했다.

*　　　*　　　*

"찾았느냐?"

위지허가 자신을 향해 달려오는 능곡을 보며 다급히 물었다.

"예, 북서쪽 능선으로 이동 중이라고 합니다."

"북서쪽?"

위지허가 고개를 들어 서쪽 하늘, 핏빛으로 온 세상을 물들이다 조금씩 사라지는 노을을 바라보았다.

"예, 지금 속도라면 이각 이내에 따라잡을 수 있습니다."

"알았다. 사장로는 어디까지 왔다더냐?"

"지척에 이른 것으로 알고… 아, 저기 오십니다."

능곡이 웅성거리는 후미를 가리키며 말했다.

위지허가 고개를 돌리는 사이, 대춧빛 피부에 관운장을 연상시키는 듯한 검고 긴 수염을 기른 육척 장신의 노인이 땀을 흘리며 달려왔다.

"이게 무슨 난리랍니까?"

사장로, 사마본이 손에 든 장창을 땅에 찍으며 물었다.

"왔나? 고생했네."

"오는 건 문제가 아닌데 대체 무슨 일이 벌어진 겁니까? 혼

형님이 풍월이란 놈과 싸우려고 한다고 들었는데."

사마본이 이마에 흐르는 땀을 닦으며 물었다.

"말 그대로네. 하문으로 가던 중에 풍월이 무이산에 오고 있다는 말을 들은 모양이야. 그 말을 듣고 바로 발걸음을 돌린 거지."

"아이고! 그 형님은 대체……."

돌아가는 상황을 바로 파악한 사마본이 어이없다는 얼굴로 이마를 짚었다.

"바로 움직이지."

위지허가 몸을 움직이려하자 사마본이 그의 팔을 잡았다.

"잠깐만요. 연락을 받고 한순간도 쉬지 않고 전력을 다해 달려왔습니다. 저는 그렇다고 쳐도 저 아이들은 감당하기 힘들 겁니다."

사마본이 아무렇게나 앉아 휴식을 취하고 있는 금검단을 가리키며 말했다.

"음, 그럼 잠깐 쉬었다 가지."

금검단을 돌아보니 확실히 지친 기색이 역력했다.

"돌아오라고 연락은 해봤습니까?"

"안 해봤겠나? 방금 전까지도 계속해서 연락을 취했지. 하지만 답장조차 없다네."

"흐흐흐! 나중에 받은 적이 없다는 핑계를 대려고 하는 거네요."

사마본이 웃음을 터뜨리자 위지허가 정색을 했다.

"지금 웃을 상황이 아니야. 빨리 찾지 못하면 위험할 수 있어."

"뭘 그리 걱정하십니까? 얼마 전에 들으니까 뇌정마존의 무공을 십이성 대성했다고 하던데. 아, 큰형님하고 형님께도 비무를 청했다면서요. 큰형님하곤 동수를 이루고 형님한테는……."

사마본이 의미심장한 웃음을 지으며 말끝을 흐렸다.

위지허가 한숨을 내쉬며 고개를 저었다.

"회주님과 동수를 이뤘다는 것은 조금 과장된 말이고."

"아닌가요? 난 그렇게 들었는데."

"새롭게 익히시던 무공만 사용했으니까."

"아!"

사마본이 이해했다는 얼굴로 고개를 끄덕였다.

"내게 이겼다는 말은 맞네. 실전은 조금 달라질 수 있겠지만 솔직히 무서울 정도로 강해졌어."

"하면 된 것 아닙니까? 풍월이란 놈이 강하긴 해도 이미 형님께서 이겼던 놈입니다."

"그건 과거의 일일세. 듣지 못했나? 놈은 사라졌던 삼 년 동안 천마의 무공을 익히고 나타났어. 이미 무상이 박살이 났고."

"무상의 얘기는 들었습니다. 한심한 놈. 아무리 상대가 천마의 무공을 익혔다고 그리 처참하게 박살이 나다니요."

혀를 찬 사마본이 땅에 박았던 장창을 빼내며 말을 이었다.

"뭐, 놈이 천마의 무공을 익혔고 과거보다 강해졌다는 것은 알겠습니다. 하지만 그 짧은 시간에 익혔다고 해도 얼마나 익혔겠습니까? 전 놈이 뇌정마존의 무공을 대성한 혼 형님을 이길 수 있을 것이란 생각하지 않습니다. 아무튼 말리기만 할 것이 아니라 아예 이곳에서 해치워 버리는 것이 좋을 것 같네요. 어차피 침옥에서 하려던 일이었으니까."

창을 꼬나든 사마본이 뒤를 돌아보며 소리쳤다.

"자, 가자!"

위지허는 아무 말도 하지 않았다.

풍월의 실력이 얼마나 대단한지는 직접 경험해 보지 못하면 결코 알지 못한다.

과거에 승리를 한 경험이 있다고는 해도 정상적인 상태가 아니었다. 다시 싸운다고 했을 때 승리를 장담할 자신이 없었다. 천마의 무공을 익힌 지금은 더욱 그랬다. 특히 전혀 다른 무공을 동시에 사용할 수 있는 능력은 전율 그 자체다.

주변 상황이 조금 변하긴 했어도 사마본의 말대로 좋은 기회일 수도 있었다. 다만 절대로 혼자 싸우게 해서는 안 된다는 생각은 지금도 변함이 없었다.

'우령, 너는 알겠지? 놈이 얼마나 괴물 같은 녀석인지.'

입술을 지그시 깨문 위지허가 무상 검우령을 떠올리며 서둘러 발걸음을 옮겼다.

* * *

사마혼은 다가오는 풍월을 향해 다짜고짜 주먹을 날렸다.

조금 전, 마지막 생존자를 피떡으로 만들었던 붕산격이었다.

풍월은 자신을 향해 날아오는 권강을 향해 왼손을 가볍게 흔들었다.

사마본은 풍월이 산화무영수 중 이화접목의 수법으로 권강을 부드럽게 흘려 버리는 것을 보고 껄껄 웃었다.

"크하하하하! 화산의 무공이구나. 산화무영수더냐?"

풍월은 대답하지 않았다. 사마본은 개의치 않고 다시 물었다.

"좋은 무공이긴 하나 노부의 권을 막기는 역부족일 것이다. 네가 풍월이겠지?"

"……."

"노부는 사마혼이라 한다."

"개천회?"

풍월의 입이 처음으로 열렸다.

"맞다. 개천회 삼장로가 바로 노부다."

자신의 정체를 거리낌 없이 드러냈다. 순간, 풍월의 눈빛이 스산하게 변했다.

"제자들의 배신으로 결국 쓸쓸하게 죽어간 천마 조사는 자신을 배반한 제자 놈들의 후손들을 위해 아주 재밌는 무공을 남겼다. 사람들은 그저 위대한 마도의 조종이라 알고 있지만 꽤나 뒤끝이 있는 사람이란 말이지."

풍월이 천천히 묵뢰를 들었다.

"솔직히 마음에 들지도 않고 한 사람의 무인으로서 차마 못 할 짓이라 사용하지 않았지만 그럴 생각이 없어졌다. 개천회 네놈들은 인간이 아니다. 인간으론 할 짓이 아니었어."

풍월은 처참하게 매달려 있던 시신들, 그리고 방금 전, 자신에게 안겨 온몸이 터져 죽은 사내를 떠올리며 피가 나도록 힘주어 묵뢰를 움켜쥐었다.

"인간도 아닌 놈들을 상대함에 있어 방법을 따지는 것이 얼마나 어리석은 일인지 이번에 깨달았다. 압도적인 힘으로 짓눌러 버리는 것만이 정답이라는 것을 말이다."

"궁금해, 아주 궁금해. 얼마나 대단한 무공인지 말이야."

사마혼은 풍월의 분노를 전혀 개의치 않았다. 오히려 활짝 웃으며 어서 덤비라는 손짓을 했다.

"그걸 보여주는 건 우선 늙은이 네놈을 때려눕힌 다음이다."

차갑게 외친 풍월이 천천히 묵뢰를 움직이기 시작했다.

파스스슷!

수십여 가닥의 도강이 허공을 가득 채우며 사마혼을 향해 날아갔다.

천마무적도, 이초식 천마우다.

사마혼의 표정이 살짝 굳었다.

예상은 했지만 생각보다 위력이 강했다.

마치 천라지망처럼 온 세상을 가득 채운 채 밀려오는 도강의 압박감은 소문 이상이었다.

문득 개천회주와의 비무가 떠올랐다.

우연인지 몰라도 지금 풍월이 사용하는 초식과 아주 비슷한 공격을 펼쳐왔다. 대단한 위력을 지니기는 했으나 무난히 막아냈다. 하지만 지금은 아니다. 애당초 같은 무공일 수도 없거니와 설사 같은 무공이라 하더라도 비교 자체가 무의미할 정도로 위력 차이가 났다.

'천마의 무공? 역시 대단하군. 그러나 이 정도에 당하진 않는다.'

비릿한 웃음을 흘린 사마혼이 주먹을 뻗었다.

뇌정마존의 무공을 대성하면서 얻게 된 자신감은 하늘을

찌르고 있는 상태.

그의 움직임 하나하나에 그런 자신감이 가득했다.

사마혼의 주먹에 은은한 굉음이 들려오는가 싶더니 무수히 발출된 권강이 그를 향해 몰려오는 도강에 정면으로 부딪쳐 나갔다.

"뭐야? 환술인가?"

황천룡은 풍월이 발출한 도강을 모조리 요격하는 권강을 보며 어이가 없다는 표정을 지었다.

"환술은 아니네요."

형웅이 두 사람의 싸움에 시선을 고정시킨 채 말했다.

"환술이 아니라면 저 많은 수의 주먹은 뭐냐고?"

"엄청난 속도로 주먹을 뻗고 있습니다. 한 번 내지를 때마다 변화도 엄청나고요."

형웅은 자신의 시선이 겨우 따라갈 수 있을 정도로 빠르게 움직이는 주먹을 보며 혀를 내둘렀다.

"그, 그게 가능한 거냐?"

황천룡이 입을 쩍 벌리며 되물었다.

황천룡은 물론이고 유연청도 멍한 표정을 짓는 것이 사마혼의 움직임을 전혀 따라가지 못하는 것 같았다.

"대단한 고수입니다. 지금껏 만나 본 그 누구보다도."

매혼루의 수장으로서 지금껏 많은 고수들을 만나고 겪어본 형웅이다. 심지어 천문동에선 정무련의 무인들을 도륙했던 개천회의 고수들까지 상대해 본 형웅이 전에 없이 진지한 태도로 말을 하자 황천룡과 유연청도 덩달아 긴장했다.

"설마 풍 오라… 버니가 위험한 것은 아니겠지?"

유연청이 떨리는 음성으로 물었다. 그제야 처음으로 시선을 돌린 형웅이 피식 웃으며 되물었다.

"설마 형님을 걱정하는 겁니까?"

"대단한 고수라니까."

유연청이 미간을 찌푸리며 쏘아붙였다.

"대단한 고수는 틀림없어요. 하지만 그건 어디까지나 제 기준인 거고. 형님 기준은 완전히 다르지요. 아, 그런 눈빛으론 보진 말고요. 저도 형님 기준이 어디인지는 잘 모르니까. 하지만 한 가지는 확실합니다."

다시금 두 사람의 싸움으로 고개를 돌리며 말을 잇는 형웅의 눈빛은 더없이 차갑게 가라앉았다.

"지금껏 저렇게 화가 난 형님을 본 적이 없습니다. 어째 항주에서보다 더 화가 난 것 같지 않습니까? 저 늙은이가 분명 실수한 겁니다."

"화, 확실히 그런 것 같기는 하다."

황천룡이 고개를 끄덕였다.

개천회가 항주의 추룡무관을 공격했을 때 풍월은 크게 분노했다. 하지만 형응의 말대로 그때와는 분위기가 확실히 달랐다.

"타합!"

힘찬 기합성과 함께 풍월의 신형이 사마혼을 향해 쇄도하고 동시에 묵뢰가 기이하게 움직이며 상대의 목을 노렸다.

풍월이 접근할 때부터 묵뢰의 움직임을 놓치지 않고 있던 사마혼이 간발의 차이로 몸을 틀며 왼손으로 묵뢰를 쳐내고 오른 주먹을 쭉 뻗었다.

간단하면서도 군더더기를 찾아볼 수 없는 동작, 사마혼의 강력한 힘이 실린 권격이 풍월의 옆구리를 파고들었다.

예상보다 훨씬 날카로운 사마혼의 반격에 형응의 눈매가 모이는 순간, 어느새 방향을 튼 묵뢰가 사마혼의 권격을 막아냄과 동시에 그의 팔뚝을 자르려 했다.

사마혼은 왼손을 뻗어 묵뢰를 밀어내고 그 힘으로 몸을 가볍게 띄워 회전시키며 풍월에게 발길질을 했다.

이름하여 칠성무(七星舞).

뇌정마존이 남긴 무공은 아니다. 하지만 애당초 사마혼이 익힌 권장지각 중 가장 빼어난 위력을 자랑하는 무공이다.

단 한 번의 도약에 상대의 칠대 사혈을 노리며 일곱 번의 발길질을 한다고 하여 원래는 칠성각(七星脚)이란 이름이 붙었다. 한데 그 움직임이 너무도 빠르고 화려한 것이, 마치 춤을

추는 것 같다고 하여 언제부터인지 칠성무라 불리게 되었다.

꽝! 꽝! 꽝!

사마혼의 발끝이 풍월을 노릴 때마다 폭음이 터지는 소리가 나며 풍월의 신형이 뒤로 쭈욱 밀려났다.

"와아!"

초조하게 싸움을 지켜보던 개천회 무인들의 입에서 함성과 탄성이 터져 나왔다. 그야말로 섬전처럼 내리꽂히는 발길질에 풍월이 금방이라도 무릎을 꿇을 것 같았다.

환호하는 개천회 무인들과는 반대로 황천룡과 유연청의 표정은 극도로 어두워졌다.

다만, 형웅만큼은 태연자약했다. 지금 당장은 사마혼이 기세를 올리는 것 같지만 풍월이 전혀 타격을 받지 않았다는 것을 그는 알고 있었다.

묵뢰가, 산화무영수를 사용하는 풍월의 손이 완벽하게 사마혼의 공격을 막아냈다. 오히려 공격을 할 때마다 사마혼의 얼굴이 일그러지는 것을 똑똑히 보았다.

맹공을 펼쳤음에도 눈에 보이는 것만큼 별다른 소득을 얻지 못하고 오히려 천마탄강의 반탄력에 의해 손해를 본 사마혼이 이빨을 꽉 깨물었다.

우우웅!

웅장한 소리와 함께 무시무시한 강기가 사마혼의 주먹에서 뿜어져 나왔다.

벽련신권의 절초 붕산멸(崩山滅)이다.

천마대공의 힘을 급격히 끌어 올린 풍월이 전력으로 묵뢰를 휘둘렀다.

천마무적도 사초식 천마염.

활화산 같은 열기를 품은 강기가 대지를 불사르며 사마흔을 노렸다.

꽈꽈꽈꽝!

거대한 충돌음과 함께 주변을 휘감는 충격파. 그 찰나에도 서너 합을 더 주고받은 풍월과 사마흔이 약속이라도 한 듯 서로에게서 멀어졌다.

'어째서 절대로 혼자 붙지 말라고 했는지 알겠군. 흐흐흐! 어린놈이 정말 대단한 실력을 지녔구나.'

비교적 평온한 표정의 풍월과는 달리 거친 호흡을 내뱉으며 열심히 숨을 고르고 있던 사마흔은 풍월이 얼마 전 비무를 벌였던 개천회주와 버금가는 실력을 지녔다고 판단했다.

이는 곧 목숨을 걸지 않고는 결코 이길 수 없다는 것을 의미하는 것이다.

풍월의 강함을 제대로 확인한 사마흔의 얼굴은 오히려 밝아졌다. 전신에선 지금까지와는 비교도 되지 않을 정도로 강렬한 투기가 뿜어져 나왔다.

사마혼이 전력을 다해 내력을 끌어 올리자 그의 두 주먹에서 푸른빛의 강기가 일렁거렸다.

"타합!"

힘찬 기합과 함께 사마혼이 왼손을 내질렀다.

번쩍하는 섬광과 함께 푸른빛의 강기가 풍월의 품으로 파고들었다.

풍월이 묵뢰를 휘둘러 그 강기를 튕겨냈다.

사마혼은 실망하지 않고 재차 주먹을 휘둘렀다.

지금 그가 펼치는 무공은 뇌정마존이 남긴 최후의 비기다.

구초 삼십육식으로 이뤄진 벽력신권, 첫 번째 초식인 벽력인(霹靂引)부터 마지막 초식인 개천폭(開天暴)까지 단숨에 펼쳐내는 것.

일초식인 벽력인이 채 끝나기도 전에 이초식 폭풍뢰(爆風雷)가 펼쳐졌고 폭풍뢰가 풍월에게 도달하기도 전에 삼초식 붕산격이 뒤를 따랐다.

붕산격에 이어 사초식 붕산멸까지 막아냈을 때 풍월은 노도처럼 이어지는 사마혼의 공격이 심상치 않음을 직감할 수 있었다.

각 초식이 끊임없이 연결이 되고 중첩이 되니 묵뢰를 통해 전해지는 압박감이 장난이 아니었다. 게다가 어느 순간부터 느껴지는 뇌기도 그를 괴롭혔다. 묵뢰를 쥔 손부터 저릿저릿

하더니 이내 전신을 타고 흘렀다.

'뇌정지기로군.'

과거 풍천뇌가 노가주 뇌량과의 비무를 통해 경험해 본 적이 있었다. 한데 지금 전해지는 뇌정지기는 그때와는 비교도 되지 않을 정도로 강렬한 것이, 마치 벼락을 맞은 듯한 느낌이 들 정도였다. 크게 부상을 걱정하거나 목숨을 위협받을 정도는 아니나 몹시 신경에 거슬렸다.

"크아아아아!"

사마혼이 피를 토하며 뻗어낸 권강이 맹렬히 회전했다.

벽력신권 구초식 개천폭.

그를 따라 온 세상의 기운이 휘감기며 모여들었다.

끊임없이 연계되고 중첩된 힘이 하나로 응축되고 또 응축되다 마침내 거대한 폭발을 일으켰다.

그 폭발의 중심에서 묵뢰를 치켜세운 풍월.

해일처럼 짓쳐오는 공세가 두려울 만도 하건만 별다른 표정 변화 없이 힘차게 앞발을 내딛었다.

만마를 굴복시킨다는 천마군림보다.

단 한 걸음에 불과했지만 위력은 확실했다.

땅이 쩍쩍 갈라지며 치솟은 부산물들이 사마혼의 시야를 가리고 폭발력을 극적으로 감소시켰다.

그리고 어느 순간, 그 모든 것을 가르는 한 줄기 빛이 풍월과 사마혼을 연결했다.

"커흐흑!"

날카로운 신음과 함께 사마혼의 몸이 휘청거렸다.

그는 자신의 가슴에 새겨진 깊은 자상을 움켜잡고는 도저히 믿을 수 없다는 표정을 짓고 있었다.

입가에서 흘러내리는 피와 상처에서 뿜어진 피가 그의 몸을 적셨지만, 사마혼은 지혈할 생각도 하지 못한 채 자신에게 닥친 일을 이해하기 위해 애썼다.

비무를 했던 개천회주는 팔초식이 이어졌을 때 승부를 포기했고, 위지허 역시 칠초식이 되기 전에 패배를 자인하며 자신이 완성시킨 뇌정마존의 무공을 극찬했다.

한데 풍월은 마지막 구초식을 완벽하게 막아내는 것은 물론이고 역공을 펼쳐 자신에게 치명적인 부상을 남겼다. 어떻게 그런 일이 가능했는지 이해를 하려 해도 도저히 이해가 되지 않았다.

"지금의 결과가 믿기지 않는 모양이군."

어느새 그의 앞으로 다가온 풍월이 사마혼의 표정을 보며 비웃었다.

"대단한 자신감이야. 고작 사부의 뒤통수를 치려 했던 뇌정마존 따위의 무공을 믿고서."

"네, 네놈이 감히……."

뇌정마존이 남긴 무공을 익히면서 그의 위대함에 감복한 사마혼은 풍월이 뇌정마존에 대해 함부로 얘기하자 모욕감에 치를 떨었다.

"아까 얘기했지? 제자들의 배신에 치를 떤 천마 조사가 자신을 배반한 제자 놈들의 후손들을 위해 아주 재밌는 무공을 남겼다고. 지금부터 보여주지."

풍월이 사마혼을 향해 손을 뻗었다.

뭔가 불길함을 느낀 사마혼이 그의 손을 피하기 위해 발버둥을 쳤지만 이미 치명적인 부상을 당한 터라 순식간에 제압을 당했다.

"형웅."

"예, 형님."

형웅이 그림자처럼 풍월의 곁에 모습을 드러냈다.

"저놈들 정리해."

풍월이 두려움에 떨고 있는 개천회 무인들을 가리키며 말했다.

"알겠습니다."

간단히 대답한 형웅이 옆에서 사라지자 사마혼의 완맥을 틀어쥐고는 그의 정수리에 손을 얹었다.

"무, 무슨 짓을 하려는 거냐?"

사마혼이 덜덜 떨리는 음성으로 물었다.

"얘기했잖아. 천마 조사가 재밌는 무공을 남겼다고."

차갑게 웃은 풍월이 천마대공 말미에 그 운용법이 적혀 있는, 흡기(吸氣)라 명명된 무공을 운용했다.

흡기를 운용하기가 무섭게 이질적인 기운이 정수리에 얹은 손을 통해 마구 쏟아져 들어오기 시작했다.

"으아아아아!"

풍월이 자신에게 무슨 짓을 하는 것인지 깨달은 사마혼이 몸부림을 치려 했으나 완맥을 잡힌 터라 옴짝달싹을 하지 못했다.

풍월은 사마혼의 발악에도 아랑곳없이 더욱 집중하여 흡기를 운용했다.

온갖 악담을 퍼붓던 사마혼이 순식간에 축 늘어졌다.

흡기로 인한 변화는 극적이었다.

비록 부상을 당했다고는 하나 나이에 걸맞지 않게 팽팽한 피부와 건강한 몸을 지니고 있던 사마혼이 눈 깜짝할 사이에 말라비틀어진 고목의 모습으로 변해 버렸다.

가죽만 남은 얼굴은 깊은 주름으로 뒤덮였고 완전히 백발이 된 머리카락은 움직일 때마다 힘없이 빠져 흩날렸다.

사마혼의 정수리에서 천천히 손을 떼는 풍월의 표정은 과히 좋지 않았다.

처참하게 목숨을 잃은 탈주자들의 모습을 보며 작심하고

손을 쓴다고 했지만 끔찍하게 변해 버린 사마혼의 몰골을 보자 마음이 편하지 않았다.

특히나 어느새 단전 한구석에 자리 잡은 이질적인 기운이 영 마음에 들지 않았다.

천마 조사가 남긴 대로라면 천마대공의 공능으로 인해 자신의 힘으로 흡수가 된다고 하였으나 천마 조사 자신도 시험해 보지 못해 딱히 어느 정도의 시간이 걸릴지는 장담하지 못한다고 했다.

"이 모든 건 당신들이 자초한……."

축 늘어져 신음하는 사마혼을 향해 입을 열던 풍월이 갑자기 입을 다물었다.

단전에 자리 잡은 기운과 기존의 힘이 느닷없이 충돌하기 시작한 것이다.

흡기를 이용해 적의 기운을 흡수하면 최대한 빨리 천마대공을 운기하여 흡수한 힘을 복속시켜야 한다는 천마 조사의 경고를 떠올린 풍월이 곧바로 가부좌를 틀고 앉았다.

순식간에 개천회 무인들을 정리한 형응이 재빨리 옆으로 다가와 호법을 섰지만 당장 운기조식을 할 수가 없었다. 멀리서 낯선 기운이 빠르게 접근하고 있었기 때문이다.

"하필이면……."

풍월의 낯빛이 창백하게 변했다.

순식간에 거리를 좁혀오는 이들 중 최소한 눈앞에 쓰러진 사마혼에 못지않은 자들의 존재를 느낀 것이다. 게다가 몰려오는 인원도 상당했다. 개천회 무인들 개개인의 실력을 감안했을 때 큰 부담이 아닐 수 없었다.

"형님."

형응이 다급히 풍월을 불렀다. 그 역시 위기감을 느낀 것인지 표정이 딱딱하게 굳어 있었다.

빠르게 머리를 굴리던 풍월이 멀뚱한 표정으로 다가오는 황천룡을 보고는 냅다 그의 팔을 잡아챘다.

"뭐, 뭐야? 왜 그래?"

황천룡이 당황해 소리쳤다.

"미안해요. 일단 상황을 벗어나야 하니까 이해해 주고요."

"무슨 소리를 하는……."

황천룡이 반문을 하려 할 때 재빨리 마혈을 제압한 풍월은 그것도 부족해 아예 혼절을 시켜 버렸다.

놀란 유연청이 눈을 동그랗게 뜰 때, 풍월의 의도를 눈치챈 형응이 아직도 피를 흘리고 있는 시신을 끌고 와 황천룡의 얼굴과 상체에 피를 뿌렸다.

눈치 빠른 형응의 행동에 씨익 웃음을 흘리며 유연청을 불렀다.

"이쪽으로 와."

풍월이 유연청에게 피투성이가 된 황천룡을 안겼다. 얼떨결에 황천룡을 안아 들은 유연청이 바닥에 주저앉았다.

"아무 말도 하지 말고 그냥 걱정하는 척만."

"알았어요. 한데 낯빛이……."

유연청이 걱정스러운 얼굴로 풍월을 바라보았다. 아닌 게 아니라 표정이 무척이나 창백했다. 식은땀까지 흘리는 것을 보아 무척이나 힘들어하는 것처럼 보였다.

"괜찮아."

가볍게 웃어 보인 풍월이 빙글 몸을 돌렸다. 그와 동시에 수풀을 가르며 일단의 무리들이 모습을 보였다. 위지허를 필두로 하는 개천회의 고수들이었다. 뒤이어 쏟아져 나온 금검단의 무인들이 주변을 에워싸기 위해 이동을 할 때였다.

"꺼져!"

차갑게 외친 풍월이 다짜고짜 묵뢰와 묵운을 던졌다.

좌우로 날아간 묵뢰와 묵운이 뒤쪽으로 이동하며 포위망을 구축하려던 금검단의 무인들을 향해 빛살처럼 날아갔다.

"위험하다!"

"피해랏!"

위지허와 사마본이 동시에 외쳤다.

개천단을 제외한 개천회에서 최강의 무력을 지닌 금검단의 고수들은 즉시 반응했다.

대부분 재빨리 몸을 날려 묵뢰와 묵운을 피하고자 했으나 스스로에 대한 자부심이 강한 몇몇은 정면으로 맞섰다.

"크아아악!"

정면으로 맞섰던 자들의 입에서 터져 나온 비명이 주변을 뒤흔들었다.

몸을 날려 피한 자들은 대부분이 무사할 수 있었으나 정면으로 맞선 자들은 단 한 명도 예외가 없이 목숨을 잃거나 치명적인 부상을 당한 채 쓰러졌다.

"물러나라!"

위지허가 포위망을 구축하려던 금검단원들을 뒤로 물렸다.

무사히 임무를 완수하고 돌아온 묵뢰와 묵운을 회수하는 풍월의 손끝이 파르르 떨렸다.

기선 제압이 반드시 필요한 상황이기는 했으나 사마혼에게서 빼앗은 이질적인 기운으로 인해 단전은 물론이고, 전신의 기경팔맥까지 크게 요동치는 상황에서 무리한 내력의 운용은 치명타였다.

필사적으로 억제하며 최대한 아무렇지도 않은 듯 태연하게 행동을 하고는 있었으나 보통 힘든 것이 아니었다.

풍월은 눈앞에 모인 적을 보며 묵뢰를 어깨에 턱 걸치고 땅에 박은 묵운에 슬쩍 몸을 기댔다.

누가 보더라도 절대적인 자신감을 바탕으로 한 여유롭고

자연스런 행동으로 보였다. 하지만 묵운에 기대지 않으면 금방이라도 중심을 잃고 휘청거릴 정도로 상태가 좋지 않았기에 어쩔 수 없이 선택한 자세일 뿐이었다.

"오랜만이다."

위지허가 한 발 앞으로 나서며 말했다.

"그러네요. 오랜만입니다."

풍월도 나름 반가운 표정으로 인사를 했다.

개천회에 속한 자들을 인간으로 취급하지 않을 생각이었지만 위지허는 달랐다. 천문동에서 비록 악연으로 얽혔지만 자신에게 꽤나 호의적이던 기억이 떠올랐기 때문이다.

다만, 그의 막강한 실력을 감안했을 때 현 상황에선 말 그대로 최악의 상대라는 것이다.

"이런 곳에서 다시 만날 줄은 정말 몰랐네."

"글쎄요. 예상했을 텐데요. 애당초 날 끌어들이려고 한 것 아닙니까?"

풍월의 비웃음에 위지허가 쓴웃음을 지었다.

"그랬지만 실패했지. 엉뚱한 곳에서 일이 터지는 바람에 결국 만나게 되었지만. 그건 그렇고……."

위지허의 눈동자가 풍월의 바로 옆에 쓰러져 있는 사마혼에게 향했다. 더불어 조금 떨어진 곳에서 황천룡을 안고 있는 유연청에게까지 머물렀다.

"그는 어떤가?"

위지허가 사마혼을 다시 살피며 조심히 물었다.

엎드린 채 쓰러져 있어 정확한 상태는 알 수 없었지만 불규칙적이나마 호흡은 이어지고 있었다.

풍월의 시선이 사마혼에게 잠시 머물다 돌아왔다.

"노부의 아우일세."

"유감이네요. 아직 목숨은 붙어 있지만 솔직히 상태가 좋지는 않습니다."

풍월이 형웅에게 눈짓하자 형웅이 사마혼의 몸을 뒤집었다.

"음."

위지허와 사마본의 입에서 동시에 침음이 터져 나왔다.

고목처럼 말라 버린 몸, 일그러진 얼굴하며 쩍 벌어진 가슴의 자상이 사마혼의 상태를 여실히 보여주고 있었다.

"꽤나 대단한 무공을 지녔더군요. 뇌정마존의 무공인 것 같던데요."

"맞다."

"하지만 너무 무리를 했습니다. 역량이 부족하면 물러날 줄도 알아야 하는데 선천진기까지 사용하며 무리하게 공격을 하다 스스로 무너지고 말았습니다. 아, 물론 가슴의 상처는 제 공격으로 그리 된 것입니다만."

풍월의 말에 위지허의 표정이 묘하게 일그러졌다.

사마혼의 실력은 누구보다 자신이 정확히 알고 있었다.

뇌정마존의 무공을 대성한 지금 개천회에서 사마혼을 감당할 수 있는 사람은 오직 개천회주뿐이었다.

한데 풍월은 그런 사마혼의 역량을 운운하고 있었다. 단순히 무시하는 것이 아니었다. 그저 사마혼의 무공 정도는 안중에도 없다는 것을 무의식적으로 드러내는 것이었다.

'천마의 무공을 얻었다더니만 무섭도록 강해졌구나.'

위지허는 풍월을 가만히 살폈다.

안색이 약간 창백해졌고 이마에 땀이 흐르고 있었지만, 어디에도 부상을 당한 흔적은 전혀 보이지 않았다.

'조금 지친 정도라니…….'

할 말이 없었다. 다시금 가슴이 서늘해졌다.

사마본과 시선이 마주쳤다.

사마본은 당장 공격하자는 눈빛을 보내왔으나 위지허는 망설이지 않을 수 없었다.

사마혼을 너무도 쉽게 쓰러뜨린 풍월의 무공 수준이 어느 정도인지 아직 가늠이 되지 않았다. 과거 혈우야괴를 쓰러뜨린 형웅의 존재 또한 무시할 수는 없었다.

물론 풍월과 형웅이 아무리 강하다고 하더라도 사마본과 합공을 하고 금검단의 지원까지 등에 업는다면 지지 않을 자신이 있었다.

풍월을 확실히 잡을 수만 있다면 시도해 볼만도 했다.

그러나 확실히 숨통을 끊어버릴 수 있을지 장담할 수가 없었고, 그 과정에서 얼마나 많은 피해를 당할지도 가늠되지 않았다.

'만에 하나 놓치기라도 한다면…….'

위지허의 몸이 부르르 떨렸다. 생각만으로도 끔찍했다.

간신히 숨을 쉬고 있는 사마혼의 상태도 살펴야 했다.

겉으로 드러난 상태만으로도 보통 심각한 것이 아니었다. 촌각을 다투어 치료를 하지 않는다면 돌이킬 수 없는 상황이 될 것 같았다. 풍월을 잡는 것도 중요했지만 사마혼의 목숨을 살리는 것은 그 이상으로 중했다.

"자, 지금부턴 오랜 은원(恩怨)을 해결해야 할 때인 것 같습니다만."

풍월이 어깨에 걸쳤던 묵뢰를 위지허에게 겨누며 말했다.

위지허가 고개를 갸웃거렸다.

여유 넘치던 풍월의 표정과 음성에서 알 수 없는 초조감을 느낀 것이다.

'초조해한다. 어째서? 아!'

이유는 금방 알 수 있었다.

위지허는 풍월의 시선이 황천룡을 안고 있는 유연청에게 종종 향한다는 것을 간파했다. 그때마다 눈빛이 흔들리는 것도 확인했다.

다시금 황천룡을 주의해서 살펴보았다.

호흡은 큰 문제없이 하는 것 같은데 입에서 흘러내린 피가 상반신을 붉게 적신 것을 보면 꽤나 중한 부상을 당한 것 같았다.

"대장로님."

사마본이 나직이 위지허를 불렀다.

결단을 내려달라는 눈빛에 잠시 고민하던 위지허가 고개를 젓고는 풍월을 향해 말했다.

"서로 챙겨야 할 이들이 있는 것 같으니 지난 악연은 잠시 묻고 오늘 일은 이쯤에서 마무리하는 것이 어떻겠나?"

위지허의 제안에 환호성을 내지르고 싶었지만 덥석 물 수는 없었다.

"글쎄요. 부상이 심하기는 하지만 목숨을 걱정할 정도는 아니라서요."

"하지만 싸움이 격해지면 어떤 상황이 벌어질는지는 아무도 모르지. 한 손으로 열 손, 백 손을 막을 수는 없는 노릇이니까."

위지허는 은연중 자신들의 인원이 많음을 강조하며 싸움이 벌어지면 황천룡의 생사를 장담할 수 없을 것이라 협박했다.

"흠."

풍월이 미간을 찌푸리며 고민할 때 황천룡을 안고 있던 유연청이 그를 불렀다.

"오라… 버니."

누가 들어도 처연한 음성이다.

흠칫한 풍월이 유연청을 향해 고개를 돌리더니 이내 고개를 끄덕였다.

"알았다. 너무 내 생각만 했구나. 미안하다."

유연청에게 사과한 풍월이 위지허를 향해 말했다.

"말씀하신 대로 서로에게 챙겨야 할 사람들이 있으니 오늘은 그냥 물러나겠습니다."

"현명한 판단일세."

고개를 끄덕인 위지허가 뒤쪽으로 신호를 보내자 금검단원 둘이 황급히 달려 나와 쓰러져 있는 사마혼을 챙겼다.

"조만간 다시 뵙지요."

풍월이 위지허를 향해 포권하고 몸을 빙글 돌렸다. 순간적으로 휘청거리는 풍월의 몸을 때마침 다가온 형응이 몸으로 부축했다.

"괜찮습니까?"

형응이 나직이 물었다.

"한계다. 아무튼 빨리 황 아저씨를 업어라."

"제가요? 형님은……."

"내가 지금 업힐 수는 없잖아. 일단 숲으로 가자."

"알겠습니다."

고개를 끄덕인 형웅이 재빨리 황천룡을 업었다. 그러고는 마음과는 달리 전혀 서두름 없이 숲으로 이동했다.

적들의 시야에서 완전히 벗어나자마자 황천룡을 내팽개친 형웅이 어느새 주저앉은 풍월을 들쳐 업었다.

"최대한 멀리, 빨리……."

그 말을 끝으로 풍월은 혼미해지는 정신을 부여잡고 온몸을 헤집고 다니는 진기를 진정시키기 위해 정신을 집중했다.

어둠을 뚫고 숲을 내달리는 형웅의 움직임은 가히 빛살과 같았다. 유연청과 뒤늦게 정신을 차린 황천룡이 전력을 다해 좇기가 버거울 정도였다.

"지금 뭐라고 했나? 주화입마가 아니라고?"

위지허가 기겁하며 물었다.

"예, 이건 단순히 무리해서 생긴 주화입마의 상태가 아닙니다. 온몸의 내력이 완전히 빠져나갔어요."

사마혼의 부상을 살피던 사마본이 분노로 치를 떨며 소리쳤다.

"단순히 내력만 빠져나간 것이 아니라 몸의 정기까지 사라졌습니다. 아무리 부상이 심하고 주화입마를 당했다고 해도 몸이 이 지경으로 변하지는 않습니다."

사마본이 고목처럼 변해 버린 사마혼의 팔을 들어 올리며 말했다.

"놈이 아우의 진기를 흡수했단 말인가?"

"틀림없습니다."

"하지만 진기를 빼앗는 일은 그만큼 위험성도 내포하는 것일세. 저마다 익힌 무공이 나르고 내력의 성질도 다르지. 자칫 내부의 진기가 상충하여……."

불신의 빛을 띠우며 고개를 젓던 위지허가 황급히 사마혼의 팔을 잡았다.

사마혼이 죽은 듯 감았던 눈을 뜨고 입에서 신음을 내뱉었기 때문이다.

"괜찮나?"

"형님, 본입니다. 정신이 듭니까?"

사마본이 고개를 숙이며 물었다.

"으으으."

"놈이, 형님한테 무슨 짓을 한 겁니까? 진기를 빼앗긴 겁니까?"

"으으으으."

고통으로 일그러진 사마혼의 입에서 괴성이 흘러나왔다.

무슨 말인가를 하는 것처럼 느껴지기는 했지만 내용은 전혀 알 수가 없었다. 하지만 의미만큼은 명확했다.

"속았구나!"

화를 참지 못한 위지허가 옆에 있는 나무를 후려쳤다.

마주할 때는 전혀 이상하다고 느끼지 못했으나 어딘지 이상했던 풍월의 모습이 그제야 하나둘 떠올랐다. 아마도 사마혼의 진기를 흡수하여 문제가 생겼을 터였다. 황천룡이 정말 부상을 당한 것인지도 의심스러웠다.

"능곡!"

위지허의 외침에 능곡이 황급히 달려와 대답했다.

"예, 대장로님."

"당장 놈을 쫓아라. 빨리!"

"존명!"

위지허는 연기처럼 사라지는 능곡을 바라보며 아직도 괴성을 지르며 고통스러워하는 사마혼의 손을 꽉 잡았다.

"반드시……."

위지허는 차마 말을 잇지 못하고 고개를 떨구고 말았다.

제66장

위기일발(危機一髮)

정신없이 달려가던 형웅이 풍월을 내려놓았다.

풍월이 고통스러운 표정이 역력한 모습으로 고개를 들었다.

"아무래도 안 되겠습니다. 따라잡힐 것 같네요."

형웅이 고개를 돌려 그들이 지나온 숲을 바라보았다.

완전히 어둠에 잠겨 한 치 앞도 보이지 않았지만, 살수의 본능은 그 어둠을 꿰뚫어 보고 있었다.

"무슨 소리야? 아무런 소리도 들리지 않는데."

힘겹게 따라붙은 황천룡이 헉헉거리며 말했다.

줄줄 흘러내리는 땀으로 인해 얼굴에 묻은 피는 어느 정도

닦였지만 옷은 피에 젖은 그대로인지라 꿈에 볼까 무서운 몰골을 하고 있었다.

"형님을 부탁드립니다. 놈들을 따돌려야겠어요."

"어? 야!"

그렇잖아도 숨이 턱까지 차올라 힘겨워 하던 차에 얼떨결에 풍월까지 업게 되자 황천룡은 죽을상이었다.

"부탁합니다."

간단히 고개를 숙인 뒤 몸을 돌리려던 형웅이 멈칫했다.

황천룡의 등에 얼굴을 파묻고 있던 풍월이 그의 팔을 잡은 것이다.

"조심… 해라. 다른 놈들은 몰라도 그 영감들은 몹시 위험하다."

"걱정하지 마세요. 살황무존의 살예를 얻기 전에 이미 천하제일의 살수라 칭해지던 접니다. 살황무존의 무공까지 얻은 지금, 이렇게 어둠이 깔린 숲에서 저를 잡을 수 있는 사람은 없어요. 형님도 예외는 아닐 겁니다."

힘주어 풍월의 손을 잡아준 형웅이 지체 없이 몸을 돌렸다.

자신감 넘치는 말과는 다르게 긴장감이 가득한 얼굴이다.

풍월의 경고가 아니더라도 위지허와 사마본이 얼마나 위험한 인물인지 본능적으로 느끼고 있었기 때문이다.

"크악!"

외마디 비명이 어두운 숲을 흔들었다. 비명이 들려온 곳으로 달려가는 위지허와 사마본의 미간이 잔뜩 구겨졌다.

"또 당했느냐?"

사마본이 쓰러진 수하를 살피는 금검단주에게 물었다.

벌떡 일어난 금검단주 호금전이 잔뜩 상기된 얼굴로 고개를 숙였다.

"죄송합니다."

"이번엔 누구냐?"

"염구가 당했습니다."

"죽었느냐?"

위지허가 심각한 표정으로 물었다.

"예."

"빌어먹을!"

사마본의 입에서 욕설이 터져 나왔다.

금검단에서 누구보다 추종술이 뛰어난 염구가 죽었다면 풍월의 흔적을 쫓는 것이 더욱 어려워질 터였다.

"대체 뭣들 하는 거냐? 놈의 그림자도 보지 못한 채 벌써 아홉이나 잃었다."

"면목 없습니다."

호금전이 다시금 고개를 숙였다.

사마본이 땅이 꺼져라 한숨을 내쉬었다.

화가 나고 답답해서 호통을 친 것일 뿐, 호금전을 책망하고자 함이 아니었다.

상대는 천하제일 살수라던 혈우야괴를 쓰러뜨린 매혼루의 루주다. 그 정도의 실력자가 이런 어둠, 게다가 사방이 수풀로 우거진 숲에서 작심하고 몸을 숨긴다면 그 흔적을 찾아내기란 결코 쉬운 일이 아니었다.

"조그만 더 힘을 내거라. 형웅이란 놈이 이리 날뛴다는 것은 놈의 상태가 생각보다 심각하다는 것을 뜻한다. 지금 기회를 놓치면 앞으로 이런 기회를 다시 얻기란 불가능할 수도 있다. 반드시 놈을 잡아야 한다."

위지허가 호금전을 달랬다.

"알겠습니다."

힘주어 대답한 호금전이 수하들에게 신호를 보냈다.

호금전의 명령을 받은 금검단원들이 즉시 수색을 재개했다. 연이은 동료들의 죽음에 사기가 떨어질 만도 하건만 그런 모습은 전혀 없었다. 오히려 동료들의 죽음에 분노하고 그들의 복수를 위해 이를 갈았다.

"좋아. 이런 기세라면 반드시 놈들을 찾을 수 있을 것이다."

흡족한 표정으로 고개를 끄덕인 사마본이 금검단원들과 어깨를 나란히 하며 걸음을 옮겼다.

그들과 얼마 떨어지지 않은 곳. 수풀에 몸을 누인 채 인기척을 완전히 지우고 은신하고 있던 형응의 얼굴이 살짝 굳었다.

적진의 움직임에 혼란을 주기 위해 최대한 애를 썼건만 금검단은 여전히 풍월의 뒤를 정확히 쫓고 있었다. 아직까지는 시간의 여유가 있다 해도 황천룡의 속도를 감안했을 때 잡히는 것 또한 시간문제였다.

단순히 수하들만 제거해선 될 일이 아니란 생각이 들었다.

'모험을 해야 하나.'

위지허와 사마본은 그렇다 쳐도 최소한 금검단주라는 자의 숨통을 끊어야 추격을 지체시킬 수 있을 것 같았다.

하지만 철저하게 대비하는 상황에서 그들을 제거하는 것은 결코 쉬운 일이 아니었다.

위지허와 사마본은 풍월이 경고를 할 정도로 대단한 고수였고, 호금전 역시 만만치 않은 실력을 지니고 있었다. 자칫하여 발목이라도 잡히는 순간, 자신은 물론이고 풍월의 목숨마저 위태롭게 될 터였다.

'일단은 움직이고 보자.'

적들의 기척이 완전히 사라지는 것을 확인한 형응이 조심스레 몸을 일으켰다. 그러고는 야조(夜鳥)와 같은 움직임으로 적들이 움직이는 방향으로 우회를 시작했다.

*　　*　　*

"헉! 헉!"

입에서 단내가 날 정도로 풍월을 업고 뛰어다닌 황천룡의 입에서 거친 숨소리가 터져 나왔다. 한계에 이르렀는지 걸음걸이마저 현저히 느려졌다. 그나마 유연청이 번갈아 업지 않았다면 진작에 퍼졌을 것이다.

"조금만 더 힘을 내요."

유연청이 황천룡을 밀며 소리쳤다. 하지만 황천룡의 걸음은 점점 더 느려지기만 했다.

"아무래도 안 되겠습니다, 아가씨. 조금이라도 쉬어야겠어요."

결국 걸음을 멈춘 황천룡이 혼절한 풍월을 땅에 누이며 말했다.

"하지만……."

유연청이 안절부절못하며 주변을 살폈다.

"일각, 아니, 반 각만이라도. 지금 상태론 둘 다 아무것도 할 수가 없습니다."

말과 함께 대자로 누워버린 황천룡을 보며 유연청도 더 이상 고집을 피울 수가 없었다. 마음 같아선 당장 풍월을 업고 내달리고 싶었지만 황천룡의 말대로 그녀 역시 한계에 이르렀기에 그럴 엄두를 내지 못했다.

"어쩔 수 없지요. 그럼 잠깐만 쉬……."

유연청이 갑자기 말끝을 흐리자 황천룡이 고개를 쳐들며 물었다.

"왜 말을 하다 맙니까?"

"조용히!"

유연청이 황급히 손짓했다.

깜짝 놀란 얼굴로 몸을 일으킨 황천룡이 당장에라도 풍월을 들쳐 업고 뛸 준비를 했다.

"적… 일까요?"

황천룡이 잔뜩 굳은 얼굴로 물었다.

"아마도요."

"제길! 바로 움직이죠."

황천룡이 풍월을 업고 일어섰다.

"너무 늦었어요."

그녀의 말이 끝남과 동시에 수풀을 가르며 일단의 무리들이 모습을 드러냈다.

"아!"

유연청의 입에서 탄성이 터져 나왔다.

적이 아니다. 횃불로 어둠을 밝히며 나타난 이들은 얼마 전 헤어진 서문세가의 무인들이었다.

"으하하하! 이게 누구신가! 서문 공자 아니시오?"

서문휘를 알아본 황천룡이 반색을 하며 소리쳤다.

인기척을 눈치채고 달려오기는 했지만 혹시라도 적일까 잔뜩 긴장하고 있던 서문휘가 서둘러 그들 곁으로 달려왔다.

"이게 대체 어찌 된 일입니까? 풍 아우는 어째서 이 꼴이 된 것이고요."

서문휘가 죽은 듯 누워 있는 풍월의 모습에 경악하며 물었다.

"개천회 놈들과 충돌이 있었소. 그 과정에서 문제가 좀 생겨서……."

황천룡은 풍월이 사마혼의 진기를 모조리 흡수하는 바람에 상황이 이 지경이 되었음을 알리지 않았다. 딱히 어떤 의도는 없었지만 이상하게 언급하고 싶지가 않았다.

"세상에! 얼마나 대단한 고수가 있기에……."

입을 쩍 벌린 사마휘가 말을 잇지 못했다.

풍월이 화산과 여산에서 어떤 활약을 했는지 익히 아는 바, 그런 풍월을 이토록 곤란하게 만든 고수가 있다는 말은 참으로 믿기 힘든 것이었다.

"뭐, 워낙 강한 놈들이니까."

황천룡은 굳이 오해를 풀어줄 이유가 없다는 생각에 대충 호응을 해주었다.

바로 그 순간, 날카로운 파공성과 함께 서문세가 무인들이 비명을 터뜨렸다.

갑작스러운 공격에 우왕좌왕하는 서문세가의 무인들.

"적이다!"

"조심해랏!"

서문휘를 비롯한 수뇌들이 혼란을 수습하기 위해 필사적이었지만 워낙 급작스러운 기습이기에 쉽게 수습이 되지 않았다. 게다가 적들의 공격이 너무 빠르고 날카로웠다. 눈 깜짝할 사이에 삼분지 일에 가까운 인원이 목숨을 잃었다.

"저, 저기 그 늙은이다."

풍월을 업은 채 퇴로가 끊겨 어찌할 바를 모르고 있던 황천룡이 서문세가의 무인들을 주살하는 위지허를 발견하곤 기겁했다.

"아!"

유연청의 얼굴이 절망으로 물들었다.

만나도 하필이면 최악의 상대를 만난 것이다.

어느 정도 혼란을 수습한 서문세가의 무인들이 나름 열심히 싸우고는 있지만 천문동에서 본 위지허는 차원이 다른 고수였다. 풍월에게 첫 패배를 안겨준 인물이기도 했다.

'형응은 어찌 된 거지? 설마…….'

적들의 이목을 흐리기 위해 움직였던 형응이 혹여라도 잘못된 것은 아닌지 걱정을 하던 유연청이 황급히 고개를 저었다.

'쓸데없는 생각은 하지 말자. 형응은 반드시 무사할 거야.'

애써 걱정을 떨쳐 버린 유연청이 서문현과 서문겸, 서문휘의 합공을 받고 있는 위지허를 살폈다.

서문세가에서도 손꼽히는 고수들의 합공을 받으면서도 위지허는 전혀 밀리지 않았다. 오히려 네 자루의 칼을 자유자재로 사용하며 세 사람을 강하게 몰아치는 형국이었다.

그 모습을 본 유연청이 입술을 꽉 깨물었다.

위지허는 아직 전력을 다하지 않고 있었다. 그럼에도 저렇듯 밀린다는 것은 서문세가가 개천회의 공격에 무너진다는 것을 의미했다.

"황 숙부, 탈출해야 해요."

유연청이 황천룡의 팔을 잡으며 말했다.

"같은 생각입니다. 가망이 없어. 하지만……."

주변을 돌아보던 황천룡이 인상을 찌푸렸다. 곳곳에서 싸움이 벌어져 모든 곳이 허점투성이로 보였지만 의외로 퇴로가 보이지 않았다. 빠져나갈 가능성이 있는 길목마다 개천회의 무인들이 철저하게 지키고 있었기 때문이다.

"그래도 가야 돼요. 여기에 있다간 답이 없어요. 제가 뚫을게요."

"알겠습니다. 조심하십시오, 아가씨."

걱정스레 바라보는 황천룡과 시선을 주고받은 유연청이 남쪽 방향으로 달리기 시작했다.

황천룡과 유연청이 움직이자 합공을 받으면서도 그들을 주시하고 있던 위지허가 벼락같이 소리쳤다.

"놈들을 막아랏!"

말과 함께 아직 사용하지 않고 있던 두 자루의 칼을 황천룡을 향해 날렸다.

가공할 속도로 날아드는 칼을 보며 막을 엄두를 내지 못한 황천룡이 죽어라 몸을 틀고, 유연청이 그런 황천룡을 보호하기 위해 필사적으로 검을 휘둘렀다.

꽝! 꽝!

두 번의 충돌음과 함께 유연청의 입에서 짧은 신음이 흘러나왔다.

위지허가 던진 칼은 여전히 그들을 위협했지만, 유연청은 단 한 번의 충돌로 상당한 내상을 당했다. 그 틈을 이용해 풍월을 땅에 눕힌 황천룡까지 가세했지만 살아 움직이는 두 자루의 칼을 상대하기가 보통 어려운 것이 아니었다.

"컥!"

황천룡의 입에서 외마디 비명이 터져 나왔다.

내장이 보일 정도로 옆구리를 깊게 베인 황천룡이 비틀거리다 자리에 주저앉았다. 그에게 치명상을 안긴 칼이 최후의 일격을 가하기 위해 다시 움직였다.

"황 숙부!"

유연청이 깜짝 놀라 부르짖었지만 황천룡은 아무런 반응도 하지 못했다. 그녀 역시 또 다른 칼에 막혀 황천룡을 구하러 움직일 방법이 없었다.

절체절명의 순간, 위지허의 의지에 따라 황천룡의 숨통을 끊기 위해 짓쳐들던 칼이 뭔가에 충격을 받았는지 크게 흔들리며 목표를 빗겨 나갔다.

"어디서 봤나 했더니 바로 그때 산적놈이었군."

위기의 순간에 금침을 날려 황천룡을 위기에서 구해낸 괴인이 피식 웃으며 그를 지나쳐 쓰러져 있는 풍월에게 다가갔다.

"쯧쯧, 군산에서도 그러더니만 네놈은 어째 볼 때마다 이 꼴이냐?"

혀를 차며 발끝으로 풍월을 툭툭 건드리는 괴인, 생사의괴 제갈총이 한숨을 내쉬었다.

*　　　　　*　　　　　*

죽은 듯 누워 있던 풍월이 천천히 눈을 떴다. 아직 온전히 정신이 든 것이 아닌지 멍한 얼굴로 천장을 바라보았다.

"정신이 좀 드느냐?"

제갈총이 콧잔등을 타고 흐르는 땀을 닦으며 물었다.

목소리를 따라 시선을 돌리던 풍월이 제갈총을 알아보곤 눈을 끔벅거리며 물었다.

"어르신이 왜 여기에 계십니까?"

풍월이 몸을 일으키려다 힘없이 다시 누웠다.

"그냥 누워 있어. 아직 회복된 거 아니니까."

다시 일어나려는 풍월의 몸을 지그시 누르고 맥을 짚어본 제갈총이 미간을 찌푸렸다.

"난리네, 아주 난리야."

"많이 안 좋은 건가요?"

옆에서 걱정스레 지켜보고 있던 유연청이 얼른 물었다.

제갈총은 당사자가 아닌 누군가가 끼어드는 것을 과히 좋아하지 않았지만, 그녀가 꽤나 열심히 풍월을 간호하는 것을 본 터라 굳이 내색하지 않았다.

"아까 말했잖느냐. 성질이 각기 다른 세 가지 진기가 미쳐 날뛰고 있다고. 급한 대로 진정은 시켜놨지만, 이게 언제 다시

날뛸는지 알 수가 없다. 대충 듣기는 했다만 정확히 무슨 일이 있었던 것이냐?"

제갈총의 물음에 풍월은 천마 조사가 남긴 흡기라는 무공과 그 무공에 얽힌 사연을 간략히 설명했다.

"그래서, 그 흡기를 사용해서 개천회 장로라는 놈의 진기를 모조리 흡수했다는 말이냐?"

제갈총이 어이없다는 얼굴로 물었다.

"예."

"미친 게냐?"

"예?"

"미친 게 아니면 천하의 등신 머저리겠지."

제갈총은 누워 있는 풍월을 향해 욕설보다 심한 악담을 퍼부었다.

"도대체가 이건 장식이더냐? 그 단순한 원리를 왜 생각하질 못해."

제갈총이 풍월의 머리를 툭툭 건드렸다.

"이해할 수 있게 말씀을 해주세요."

계속되는 악담을 참지 못한 풍월이 성질을 냈다.

"방귀 뀐 놈이 성질을 낸다고 뭘 잘했다고 큰소리냐?"

"그러니까 뭐가 잘못된 거냐고요."

"처음부터 전부다."

제갈총이 딱 잘라 말했다.

풍월이 멍한 얼굴로 바라보자 제갈총이 혀를 차며 말을 이었다.

"마도의 조종이라는 위인이 흡기 같은 요상한 무공을 만들어낸 것부터 마음에 들지 않아. 뭐, 원한이 있으니 그럴 수 있다 치자. 기왕 만들었으면 제대로 사용할 수 있도록 설명을 해놓아야 할 것 아니더냐. 흠, 아니지. 생각해 보니 그건 또 아니구나. 애당초 제대로 사용하지 못한 네놈 잘못이 훨씬 크다."

"……."

"무슨 말인지 이해가 안 가지?"

"예."

"천마 조사는 자신을 배반한 제자 놈들의 후예를 엿 먹이기 위해 흡기라는 무공을 만들어냈다. 한데 문제는 그 무공의 기준을 네가 아닌 본인에게 두었다는 것이야. 자, 보아라."

제갈총이 물 잔을 들어 술병에 물을 몇 방울 떨어뜨렸다.

"무슨 맛일 것 같으냐?"

"술맛이겠지요."

풍월이 시큰둥한 얼굴로 대답했다.

제갈총이 술병을 들어 물 잔에 술을 잔뜩 따랐다.

"그럼 이건 무슨 맛일 것 같으냐?"

"그건……."

"술맛도 아니고 물맛도 아니겠지. 지금 네 몸 상태가 이렇다."

제갈총이 술병을 거칠게 내려놓으며 말했다.

"천마 조사가 흡기를 사용해 개천회 장로라는 작자의 진기를 흡수했다면 큰 문제는 없었을 게다. 뭐, 조금은 부담이 될 수도 있겠지만 충분히 감당할 수 있었겠지. 하지만 너는 어떠냐? 노부가 살펴본 바에 의하면 네 몸에는 세 개의 힘이 존재한다. 하나는 자하신공의 힘, 다른 하나는 천마 조사의……."

"천마대공입니다."

"그래, 천마대공. 아마도 기존에 익혔던 철산도문의 내력은 흡수, 또는 포용됐을 것이다."

"맞습니다."

"그리고 나머지 하나는 개천회 장로라는 놈에게 빼앗은 힘이다. 대단한 고수였던 것 같더구나. 그 힘이 천마대공의 힘에는 미치지 못해도 자하신공의 힘에 버금갈 정도였다."

"강했습니다. 뇌정마존의 무공을 제대로 익힌 듯했습니다."

"네가 그런 고수를 잡아먹은 것이다. 제 역량도 모르고."

제갈총이 풍월을 책망하는 눈으로 바라보며 말을 이었다.

"네가 적당한 수준에서 흡기를 멈췄다면 큰 문제는 없었을 것이나 아예 폐인을 만들어 버릴 정도로 모든 진기를 흡수해 버렸다. 하지만 앞서 말했듯 네 역량으론 그 정도의 진기를 한 번에 자기 것으로 만들 수가 없다. 그나마 운기조식을 통해 죽어라 노력하는 것이 전부였을 텐데 그마저도 제대로 못했으니 이런 사달이 나는 것도 무리는 아니지."

"과식했다는 말이네요."

황천룡이 느닷없이 끼어들었다. 제갈총과 풍월의 시선이 자신에게 향하자 그제야 무슨 실수를 한 것인지 깨달은 황천룡이 황급히 입을 다물었다.

"맞다. 어찌 보면 가장 정확한 표현이구나. 과식도 아주 제대로 했다. 배가 터져 뒈질 정도로."

제갈총이 껄껄 웃었지만 풍월은 웃을 수가 없었다.

"제가 어찌해야 하는 겁니까?"

"어쩌긴, 그자의 힘을 흡수하기 위해 죽어라 노력해야겠지. 흡기를 했을 때 바로 운기조식을 했다면 네 것으로 만들기가 훨씬 쉬웠을 터. 단전에 제대로 자리를 잡은 지금은 예상보다 시간은 많이 걸릴 것 같구나. 모조리 흡수할 수 있을지 장담할 수도 없고. 하지만 무엇보다 중요한 것은 천마대공의 힘으로 확실히 눌러야 한다는 것이다. 그렇지 않으면 언제 문제가 생길지 알 수가 없으니까."

풍월의 입에서 절로 한숨이 흘러나왔다.

"그렇게까지 절망할 필요는 없지 않느냐? 네가 만약 그자의 힘을 제대로 흡수만 할 수 있다면 지금과는 비교할 수 없을 정도로 막대한 내력을 쌓게 된다. 무공 실력이라는 것이 단순히 내력이 증대되었다고 향상되는 것은 아니나, 때로는 절실하게 필요할 때가 있지 않더냐."

풍월은 제갈총의 말에 반박할 수가 없었다.

화산파를 대표하는 자하검법과 철산도문의 풍뢰도법도 그랬지만, 천마가 남긴 모든 무공은 그야말로 막대한 내력을 필요로 한다.

특히 천마무적도를 사용할 때마다 내력의 부족을 절실하게 느끼지 않았던가. 심지어 후삼초는 사용할 엄두도 내지 못할 정도였다.

"아, 그런데 한 가지 확인할 것이 있다."

제갈총이 풍월과 유연청, 황천룡을 돌아보며 신중히 물었다.

"혹여 네가 개천회 장로라는 자의 진기를 흡수한 것을 아는 사람이 있더냐? 기절했던 놈이야 당연히 모를 테고."

황천룡과 유연청이 서로를 바라보다 고개를 저었다.

"정확한 얘기는 하지 않았습니다. 그냥 적들과의 충돌로 인해 부상을 당했다는 정도만 말한 것 같은데… 아가씨 혹, 제가 실수라도 했나요?"

황천룡이 말끝을 흐리며 묻자 유연청이 고개를 저었다.

"아니요. 실수하지 않았어요. 그냥 싸우다 부상을 당한 것으로 알고 있어요."

"잘했다."

제갈총이 한시름 덜었다는 얼굴로 고개를 끄덕였다.

"앞으로도 그냥 묻어두어라. 너희들도 입 다물고."

"하긴 싫어할 수도 있겠네요."

풍월이 쓴웃음을 짓자 제갈총이 정색하며 말했다.

"싫어하는 정도가 아니지. 무림인에게 내력이란 생명과도 같은 것이다. 한데 그것을 빼앗기는 것이니까. 더구나 네가 익힌 흡기라는 건 단순히 내력만 빼앗는 것이 아니라 선천진기는 물론이고 정혈까지 갈취하는 것 같구나. 상대를 재기 불능의 폐인으로 만들어 버리는 것이니 이 사실이 알려지면 아마도 꽤나 문제가 될 것이다. 과거에도 너처럼 흡기, 통칭하여 흡성대법이라고 하자. 흡성대법을 사용하는 자들이 등장하곤 했다. 어찌 되었을 것 같으냐?"

아무런 대답이 없자 제갈총이 술 한 잔을 마시고 말을 이었다.

"앞서 말했듯 상대의 내력을 빼앗는 무공은 무림인에게 가장 치명적인 공격이라 할 수 있다. 말 그대로 엄청난 공포지. 정, 사, 마를 가리지 않고 그를 주살하기 위해 필사적이 된다.

무림의 공적이 된다는 말이다. 과거에 무림의 패권을 놓고 싸웠던 패천마궁과 정무련이 흡성대법을 사용한 자를 잡기 위해 손을 잡은 정도가 있었으니 그 정도면 끝난 말 아니겠느냐?"

"그 정도인가요?"

무림의 공적이 된다는 말에 풍월의 얼굴이 딱딱히 굳었다.

"물론 흡성대법으로 편하게 내력을 늘리려는 욕망을 누르지 못해 마구잡이로 악행을 저질렀으니 그렇기도 한 것이지만, 문제가 생길 요지가 다분하다. 하니 너도 조심하는 게 좋을 게다. 가급적이면 사용하지 말고."

"애당초 사용할 생각도 없었습니다. 그들이 저지른 짓이 워낙 끔찍해서 응징하는 차원에서 한번 사용해 봤을 뿐이지요. 요 꼴이 되었지만."

한숨을 내쉰 풍월이 자작하는 제갈총을 보곤 고개를 갸웃거렸다.

"그런데 제자분과 용 형은 어디에 있습니까? 아니, 어르신이 어째서 이곳에 계시는 겁니까?"

"놈, 빨리도 물어본다."

피식 웃은 제갈총이 술잔을 탁 하고 내려놓았다.

"제자 놈들의 교육을 위해 무이산으로 오던 길이었다. 무이산에서만 나는 약초와 독초가 꽤나 있거든. 그러다 남궁세가의 무인들을 만나 침옥의 소식을 듣게 됐다."

"아, 남궁세가와 함께 오셨군요."

"황산진가의 무인들도 만났다. 그들 덕에 서문세가와 네 녀석을 구할 수 있었지. 서문세가는 아주 박살이 났더구나. 제자 놈들은 개천회 놈들과의 충돌로 다친 이들을 치료하고 있다."

풍월이 황천룡에게 고개를 돌렸다.

"추격을 피해 도망쳤다가 서문세가를 만났다. 한데 하필이면 그때 추격대가 도착을 한 것이고. 무이산에 오를 때 만났던 바로 그놈들이었다."

"아!"

풍월의 입에서 탄식이 터져 나왔다.

서문세가가 박살이 났다는 말을 바로 이해할 수 있었다. 그만큼 그때 만났던 적들은 인상이 깊었다.

"개천회 놈들은 확실히 강하더구나. 특히 노부와 잠시 부딪쳤던 늙은이의 실력은 정말 대단했다. 상황이 여의치 않아서 이내 물러나긴 했지만 계속 싸웠으면……."

갑자기 입을 다문 제갈총이 다시 술잔을 집었다.

술잔 너머 보이는 표정에서 패배감을 느낀 풍월이 다시금 고개를 돌렸다.

"위지허요."

유연청이 얼른 덧붙였다. 풍월의 눈이 휘둥그레졌다.

"그자에게 공격을 받았던 거야?"

"예, 정말 운이 좋았어요. 어르신께서 제때에 도착하지 않으셨다면……."

유연청은 차마 말을 잇지 못했다.

"노부 덕이 아니다. 남궁세가와 황산진가가 아니었으면 어림도 없었을 게야."

"그래도 그자와 그나마 상대가 가능한 사람은 어르신이 유일할 겁니다."

"그나마… 더냐?"

떨떠름한 얼굴로 반문한 제갈총이 이내 한숨을 내쉬며 술잔을 들었다. 딱히 반박할 말이 없을 정도로 위지허의 실력은 대단했다.

"그런데 형웅은?"

문득 적들의 이목을 분산시키기 위해 움직인 형웅이 떠올랐다.

위지허가 수하들을 이끌고 추격에 성공했다는 것은 형웅의 의도가 실패했다는 것을 의미했기 때문이었다.

풍월의 물음에 황천룡과 유연청은 굳은 표정으로 입을 다물었다.

바로 그때였다.

방문이 박살 날 듯 열리며 안면이 있던 남궁세가의 무인이 뛰어들었다.

"이게 무슨 버르장머리야!"

제갈총이 버럭 호통을 쳤다.

사내는 아무런 대꾸도 하지 않고 뒤를 향해 황급히 신호를 보냈다. 그러자 또 다른 사내들이 축 늘어진 누군가를 부축하며 방으로 들어섰다.

"형웅!"

유연청과 황천룡이 피투성이가 된 형웅을 알아보곤 놀라 달려갔다.

"형… 님."

형웅이 침상에서 몸을 일으키고 있는 풍월을 보곤 씨익 웃었다.

"어찌된 거냐?"

풍월이 딱딱히 굳은 얼굴로 물었다. 하지만 풍월의 얼굴을 보자마자 혼절을 해버린 형웅에게선 아무런 대답도 듣지 못했다.

풍월이 다급한 얼굴로 제갈총의 팔을 잡았다.

"부탁드립니다, 어르신."

"누군데 이리 난리인 거냐?"

"저와 형제의 연을 맺은 녀석입니다. 어서 치료를……."

"형제?"

제갈총의 입술이 기괴하게 뒤틀렸다.

"지랄들 한다. 이젠 쌍으로……."

입에선 걸쭉한 입이 튀어나왔지만 제갈총의 손은 어느새 형웅의 맥을 짚고 있었다.

제67장

형제지환(兄弟之患)

사방 삼십여 장의 넓은 연못 중앙에 구름다리로 연결된 연화정(蓮花亭).

별다른 꾸밈없이 단출하게 지어졌지만 이삼십 명은 능히 앉아 얘기를 나눌 수 있을 정도로 제법 큰 규모였다.

밤이 깊었음에도 구름다리와 연화정의 주변은 환히 밝혀져 있었다.

"후~"

힘없이 구름다리를 건너는 사마조의 표정은 과히 좋지 않았다. 거의 모든 일이 계획대로 되었음에도 단 한 사람의 죽음으로 인해 계획의 성공을 즐길 수 없게 만들었다.

"뭐 해? 기다리실 텐데 여기 서서."

어느새 다가온 검우령이 그의 어깨에 팔을 걸치며 물었다.

"가야지요."

슬쩍 팔을 치운 사마조가 힘없이 걸음을 내디디며 말했다.

"부상은 좀 어떠세요? 아직도 안색이 좋아 보이질 않습니다."

"이 정도면 많이 좋아졌지. 제자리를 찾으려면 꽤나 더 고생을 해야겠지만."

검우령이 대수롭지 않게 웃으며 말했다.

어깨를 나란히 하며 구름다리를 건너자 연화정에서 사마용과 대작하고 있던 사마풍이 손짓했다.

"뭣들 하는 게냐, 어서 오지 않고?"

"죄송합니다."

사마조가 고개를 숙이며 종종걸음으로 연화정에 올랐다.

검우령이 천천히 연화정에 오르자 사마용이 그의 안색을 살피며 물었다.

"차도는 좀 있느냐?"

"예, 워낙 좋은 약만 챙겨 먹어서 그런지 회복도 빠릅니다."

"다행이구나."

사마용이 잘되었다는 얼굴로 고개를 끄덕일 때 걱정스러운 눈빛으로 검우령을 살피던 사마풍이 고개를 갸웃거렸다.

"흠, 노부의 눈이 잘못된 것이 아니라면 단순히 회복만 빠른 것 같지는 않은데……."

"무슨 말씀을 하시는 건지요?"

검우령이 영문을 모르겠다는 얼굴로 되묻자 사마풍이 그의 눈에 시선을 고정시킨 채 의미심장한 표정을 지었다.

"속일 생각은 하지 말고. 아닌가?"

"그게 무슨……."

"깨달음이라도 얻은 것인가?"

사마풍이 정색을 하며 묻자 검우령도 더 이상 시치미를 뗄 수가 없었다.

"당숙 어른의 이목은 속일 수가 없군요. 어찌 아셨습니까?"

"예전과 눈빛이 달라. 전신에서 풍겨오는 느낌도 그렇고. 뭐랄까, 마치 득도한 고승처럼 뭔가 굉장히 여유로워졌다고나 할까."

사마풍의 말을 들으며 새삼스러운 눈길로 검우령을 살피던 사마용의 눈동자에 이채가 흘렀다.

"허! 그렇군."

사마용이 탄식하며 물었다.

"내 요즘 마음이 심란하여 제대로 살피지도 못했구나. 제왕무적검의 성취가 십성 정도였더냐?"

"예."

"벽을 넘은 것 같구나."

"조그만 성취가 있었습니다."

검우령이 별것 아닌 것처럼 말은 해도 그것이 얼마나 대단한지 모두가 알고 있었다.

"축하하네."

"축하드립니다, 고모부."

사마풍과 사마조가 자기의 일처럼 기뻐하며 호들갑을 떨었다.

"고생했다. 네 몸이 그리 되어 마음이 몹시 편치 못했는데 이제 조금은 마음의 짐을 덜 수 있을 것 같구나."

사마용이 검우령의 어깨를 두드리며 말했다.

"무슨 말씀을요. 아무튼 놈에게 당한 것이 전화위복(轉禍爲福)이 되었습니다."

"전화위복이라니?"

사마풍이 눈을 동그랗게 뜨며 물었다.

"병석에 누워 녀석과의 대결을 백 번, 천 번도 더 되돌아보았습니다. 어떻게 하면 승리를 거둘 수 있을까, 아니, 보다 좋은 승부를 펼칠 수 있을지를 상상하면서 말이지요."

"그 과정에서 깨달음을 얻었다?"

"예, 상상에 불과했지만 놈을 꺾기 위해 온갖 방법을 동원

했습니다. 그러던 어느 순간, 지금까지는 보이지 않던 길이 보이더군요. 동시에 지금껏 철벽처럼 저를 막고 있던 십성의 경지를 깨뜨릴 수 있었습니다."

"허! 자네의 말이 사실이라면 그야말로 전화위복이라 할 수 있군. 하지만 그 또한 자네의 굳은 의지가 없었다면 불가능했을 터. 폐인이 되느냐 마느냐 할 정도로 중한 부상을 당하고도 절망 대신 희망을 찾아낸 자네의 굳은 의지에 경의를 표하네."

사마풍의 극찬에 검우령이 민망한 웃음을 흘렸다.

"당숙께서 제 얼굴에 너무 금칠을 하십니다."

"금칠이 아니다. 충분히 그런 칭찬을 받을 자격이 있다."

사마용이 흡족한 얼굴로 고개를 끄덕였다. 하지만 그것도 잠시, 검우령이 깨달음을 얻어 제왕무적검을 대성했음에 크게 기꺼워하던 사마용의 얼굴에 그늘이 찾아왔다.

"아직도 자책을 하고 있는 것이냐? 네 잘못이 아니라고 했다."

사마용이 단 하루 만에 얼굴이 반쪽이 된 사마조의 모습을 보며 안쓰럽다는 표정을 지었다.

"예, 하지만……."

사마조가 말끝을 흐렸다.

어릴 적 누구보다 자신을 아껴주고 사랑해 주었던 사마혼의 얼굴을 떠올리자 가슴 한편이 저릿해졌다.

풍월에게 패하고 지니고 있던 모든 진기를 빼앗긴 사마혼은 그를 살리려는 위지허와 사마본의 필사적인 노력에도 불구하고 결국 목숨을 잃고 말았다.

모든 이들이 자신의 계획으로 인해 죽은 것이 아니라고 위로를 해주었으나 스스로 이를 용납하지 못하고 있었다.

"어쨌거나 최종 보고를 들어보자꾸나. 정확히 몇 놈이나 살아서 도망친 것이냐?"

사마용이 한숨을 내쉬며 술잔을 들었다.

"추격하여 주살한 놈들의 수는 삼십팔 명, 육십오 명이 탈출에 성공한 것으로 최종 확인이 되었습니다. 실종된 놈들의 수는 정확히 셋입니다."

"우리가 입은 피해는?"

잠시 멈칫한 사마조가 침착히 숨을 몰아쉬곤 다시 입을 열었다.

"이번 작전으로 본회가 입은 피해는 사마혼 장로님을 포함하여 금검단원 서른여섯 명, 개천단 일곱 명, 화염대 사십 명이 목숨을 잃었습니다."

"금검단원이 서른여섯이라……. 참으로 뼈아픈 피해구나."

사마용이 계획보다 훨씬 커진 피해를 아쉬워했다.

"서문세가와 충돌을 하는 바람에 피해가 커졌습니다만 참고로 금검단 스무 명과 개천단 일곱은 풍월과 그놈의 의제라는 형웅에게 당한 것입니다."

"삼장로도 놈에게 당한 것이지."

사마풍이 이를 갈며 말했다.

"그렇… 습니다."

사마조가 지그시 입술을 깨물며 고개를 끄덕였다.

"그런데 숙부님이 어떤 무공에 당한 것인지 확실히 파악은 된 거냐? 단순히 천마 조사가 남긴 무공은 아니라고 들었는데."

검우령의 물음에 사마조의 눈빛이 더없이 차갑게 빛났다.

"방금 전, 대장로님과 사장로님께서 다각도로 살펴보신 바, 아무래도 처음 의심이 맞는 것 같다는 소식을 전해 오셨습니다."

"처음 의심이라면 흡성대법?"

검우령이 놀라 되물었다.

그의 심각한 얼굴과는 달리 사마용과 사마풍은 별다른 동요를 보이지 않았다.

"처음부터 그럴 줄 알았다. 모든 진기를 갈취당하고 그렇게 끔찍하게 목숨을 잃게 하는 것은 흡성대법뿐이니까."

사마용의 말에 사마풍이 코웃음을 치며 말했다.

"참으로 어이없는 놈이 아닙니까. 화산파와 철산도문, 천마의 무공으로도 부족해 흡성대법이라니. 제정신이 아닌 것이 틀림없습니다."

"한데 저와의 대결에선 어째서 흡성대법을 쓰지 않았을까요? 솔직히 놈의 심기를 가장 불편하게 만든 것은 가족을 인질로 삼으려 했던 저였을 텐데요."

검우령의 말에 다들 동감한다는 듯 크게 고개를 끄덕였다.

"놈이 흡성대법을 사용한 것은 이번이 처음입니다. 아마도 최근에 새롭게 익힌 것 같습니다."

사마조의 말에 검우령이 쓴웃음을 지었다.

"이거 운이 좋았다고 해야 하나."

"그러실 수도요. 어쨌거나 놈은 큰 실수를 한 것입니다."

"어째서?"

"흡성대법은 전 무림에서 절대 금하는 무공 중 하나입니다. 다들 아시지 않습니까? 흡성대법을 익힌 자는 정사마를 가리지 않고 무림 공적으로 지목하여 척살해 왔습니다."

"무림에 알리겠다는 것이냐?"

사마용이 물었다.

"알려야지요. 대대적으로 알릴 생각입니다."

"놈에게 당한 자가 본회의 사람이라는 것과 그동안 놈의 행보를 감안했을 때 생각보다는 큰 효과가 없을지도 모른다."

사마풍이 다소 회의적인 표정으로 말하자 사마조가 정색하며 고개를 저었다.

"아닙니다. 지금 당장은 효과가 없을지 모르나 사람들의 잠재의식 속엔 놈이 흡성대법을 익혔다는 것이 제대로 각인될 겁니다. 이는 언제고 반드시 문제가 됩니다. 아니, 그렇게 만들어야 합니다."

주먹을 꽉 쥐며 피를 토하듯 말하는 사마조의 눈빛은 활화산처럼 뜨겁게 타오르고 있었다.

* * *

며칠 사이 무림은 난리가 났다.

삼 년 전, 천문동에서 사라졌던 무림인들이 그동안 개천회의 포로가 되어 침옥이란 곳에 갇혀 있다가 대대적으로 탈출에 성공한 사실이 알려졌다.

개천회의 추격으로 인해 삼분지 일 정도의 인원이 목숨을 잃었지만 그래도 육십 명이 넘는 포로들이 그들의 탈출 소식을 접하자마자 신속하게 병력을 움직인 제갈세가와 정의맹 덕분에 목숨을 구했다. 남궁세가만이 홀로 움직인 정무련은 상대적으로 활약도가 미미해 또 한 번 빈축을 샀다.

침옥에 갇혔던 포로들이 대거 탈출하면서 패천마궁, 정확히는 마련의 등장과 그들이 일으킨 제이차 정마대전으로 인해 잠시 잊혔던 개천회의 존재가 다시금 부상했다.

포로들을 추격하는 과정에서 그들이 보여줬던 잔인함과 뛰어난 무공들이 새삼 화제가 되었는데 특히 최근에 한창 세력을 키우고 있던 서문세가의 무인들이 순식간에 박살이 난 일은 모두에게 큰 충격을 주었다.

더불어 느닷없이 중원무림을 공격한 환사도문의 배후에 개천회가 있으며 북해빙궁, 심지어는 패천마궁과 마련의 일에도 개천회가 개입되었을지 모른다는 의문이 제기가 되면서 개천회에 대한 두려움과 경각심을 불러일으켰다.

이 모든 일들과 소문의 중심에 있다고 해도 과언이 아닌 풍월과 그 일행은 무이산 북쪽 초입에 위치해 있는 조그만 객점에 머물고 있었다.

원래는 서문세가와 황산진가, 남궁세가의 병력들이 함께 머물렀지만 개천회의 병력이 완전히 물러났음이 확인된 지금은 몸을 움직이기 힘든 부상자들 몇 명과 풍월 일행만 남아 있었다.

"으으음."

나직한 신음 소리에 밤새 피고름을 닦아내느라 지친 기색이 역력한 풍월의 얼굴에 화색이 돌았다.

"저, 정신이 드냐?"

풍월의 외침에 탁자에 앉아 턱을 괸 채 꾸벅꾸벅 졸고 있던 황천룡이 화들짝 놀라 일어나며 두리번거렸다.

"나 안 졸았다."

"누가 뭐래요? 빨리 어르신이나 모셔 와요."

"어르신? 누구?"

"입가에 묻은 침이나 좀 닦아요."

황천룡이 아직도 정신을 차리지 못하고 헤매자 그와 마주하고 앉아 있던 유연청이 신경질적으로 소리치며 방문을 뛰쳐나갔다.

"침? 그, 그래."

얼떨결에 옷소매를 입을 닦는 황천룡, 그제야 정신이 명료해지는지 형웅이 누워 있는 침상으로 달려갔다.

"정신을 차린 거야?"

황천룡이 형웅에게 얼굴을 들이밀며 물었다.

"예, 눈도 깜빡이고 손가락도 움직이는 걸 보면 어르신 말씀대로 고비는 넘긴 것 같네요."

황천룡의 눈이 아래쪽으로 향했다. 풍월의 말대로 형웅의 손가락이 조금씩 움직이고 있었다.

그때, 문밖이 소란해지며 제갈총이 피곤한 모습으로 달려왔다.

"정신을 차렸다고?"

"그런 것 같습니다."

풍월이 얼른 자리를 비키며 고개를 끄덕였다.

풍월이 비켜선 자리에 앉은 제갈총이 아직은 초점이 흐릿한 형응의 눈동자를 살피더니 곧 맥을 짚었다.

제갈총이 맥을 짚은 시간은 길지 않았다. 하지만 방안에 모인 모든 이들에겐 무척이나 긴 시간처럼 느껴졌다. 특히나 초조하게 결과를 기다리는 풍월은 몇 번이나 입을 달싹이다 멈췄다.

형응의 맥을 확인한 제갈총의 표정이 한결 편해졌다.

"아직 불안정하기는 하나 그래도 맥이 정상으로 돌아오고 있다."

"그, 그럼 위험한 고비는 넘긴 거지요?"

풍월이 떨리는 음성으로 물었다.

"그래, 위험한 고비는 넘겼다고 보면 된다."

"고맙습니다, 정말 고맙습니다, 어르신."

벌떡 일어선 풍월이 제갈총을 향해 진심으로 고마움을 전했다.

"호들갑 떨지 마라. 절대적으로 안정을 취해야 하는 환자 앞에서."

제갈총의 눈총을 받은 풍월이 움찔하며 슬며시 자리에 앉았다.

"그리고 노부가 애를 쓴 것이 사실이기는 하나, 살고자 하는 녀석의 의지가 대단했다. 처음 녀석을 보았을 때 살아날 가능성이 그리 높지 않다고 생각했지. 한 삼 할 정도? 그만큼 상태가 좋지 못했어."

제갈총의 말에 이틀 전 형웅이 어떤 꼴로 귀환했는지를 기억하며 다들 고개를 끄덕였다.

"그럼에도 불구하고 이렇듯 기적적인 회복을 하게 된 것은 오롯이 녀석의 힘이라 생각한다. 솔직히 이해하지 못할 정도로 대단한 생명력을 지녔어."

"설사 그렇다고 해도 어르신의 침술이 아니었다면 어림도 없었을 겁니다."

풍월이 다시금 머리를 조아리자 제갈총도 과히 싫지는 않은 표정을 지었다.

"뭐, 그거야 당연한 거고. 아무튼 너나 네 의제라는……."

제갈총의 핀잔 섞인 말은 형웅의 입에서 흘러나온 신음에 끊겼다.

"으으음."

"나다. 정신이 드냐?"

풍월이 형웅을 향해 상체를 숙이며 물었다. 조금 전과는 달리 흐릿했던 눈동자가 조금씩 총기를 되찾고 있었다.

"형… 님?"

형웅이 자신을 알아보자 풍월이 그의 손을 꽉 잡으며 고개를 끄덕였다.

"그래, 나다."

"여기는……."

"무이산 인근의 객점이다. 부상이 심해서 이곳으로 데리고 왔어."

"제가 형님을 만났군요."

"그래, 기억 안 나냐?"

"어렴풋이 나는 것 같기는 하지만 정확히는 잘 모르겠네요. 부상을 당하고 산을 헤맨 것까지는 기억을 하지만……."

"부상이 심해도 보통 심한 것이 아니었다. 때마침 생사의괴 어르신께서 계시지 않았다면 다시는 못 볼 뻔했다."

풍월의 말에 형응이 몸을 일으키려 하자 멀찌감치 앉아 있던 제갈총이 퉁명스레 말했다.

"됐다. 인사치레는 나중에 하고. 지금은 그냥 편히 누워 있으라고 해."

"어르신 말씀대로 하자. 나중에 제대로 인사를 드려."

풍월이 형응의 상체를 가볍게 누르며 말했다.

"예."

잠깐의 움직임도 힘들었는지 형응의 호흡이 다소 가빠졌다.

"대체 누구한테 당한 거냐? 위지허? 아니면 그 옆에 있는 영감? 내가 그 영감들은 피하라고 했잖아."

풍월의 걱정 어린 질책에 형응이 쓴웃음을 지었다.

"어쩔 수 없었습니다. 놈들이 갑자기 병력을 나누는 바람에 마음이 급했는데, 아예 작심하고 함정을 팠더라고요. 솔직히 조금 자만한 것도 있습니다. 두 사람까지는 몰라도 한 명 정도는 충분히 상대할 수 있다고 여겼으니까요. 결국 이 꼴이 되고 말았지만."

"살황마존의 살예를 제대로 익혔다면 한 사람이 아니라 두 사람도 충분히 가능했을 거다. 이런 부상도 당하지 않았겠지. 하지만 그들은 이미 팔대마존과 우내오존 등의 무공을 익힌 자들이야. 그것도 완숙하게. 이제 겨우 발을 담근 네가 감당할 수 없는 것은 너무 당연하다. 그러니까 싸울 생각을 하지 말라고 했잖아."

"죄송합니다."

형응이 민망한 표정을 짓자 풍월이 한숨을 내쉬며 고개를 저었다.

"아니다. 결국 내가 멍청한 짓을 하는 바람에 이런 사달이 난 것인데. 네가 애쓴 덕에 내 목숨도 붙어 있는 것이고. 입이 열 개라도 할 말이 없다."

풍월과 형응이 서로를 위로할 때 그들의 대화를 듣고 있던 제갈총은 기함할 듯한 표정을 지으며 다가왔다.

"지, 지금 뭐라 했느냐?"

"예? 뭐가요?"

"방금 살황마존이라 한 것이냐?"

그제야 제갈총의 반응을 이해한 풍월이 고개를 끄덕였다.

"예, 살황마존 맞습니다."

"그의 살예를 얻었다고?"

"예, 제가 어제 말씀드리지 않았나요? 천마조사의 무공을 얻을 때 말씀드린 것 같은데요."

"그런 말 없었다. 그냥 도화원이라는 곳에서 천마의 유진을 얻었다고 말했을 뿐이다. 그나마도 이 녀석이 발작을 하는 바람에 제대로 듣지 못했지."

제갈총이 정색을 하자 풍월이 그제야 자신이 제갈총과 제대로 대화를 나눈 적이 없음을 깨달았다.

풍월은 사마혼으로부터 흡수한 진기를 제압하느라 전력을 다했고, 제갈총은 형웅은 물론이고 탈주자들을 구하기 위해 무이산으로 달려왔다가 개천회의 공격에 크게 부상을 당한 자들의 치료에 전념하느라 짬을 내기가 힘들었던 것이다.

"흠, 살황마존의 무공이 놈들에게 넘어가지 않은 것을 그나마 다행이라 여겨야 하는 것이냐?"

"기왕이면 다행이라 생각하시는 것이……."

풍월을 지그시 노려본 제갈총이 탄식했다.

"팔대마존, 우내오존의 무공에 천마조사의 무공마저 세상에 모습을 드러냈으니 난세도 이런 난세가 없구나."

땅이 꺼져라 한숨을 내쉰 제갈총이 천천히 술잔을 비우곤 말했다.

"난세가 그들의 무공을 부른 것인가? 아니면 그 무공들로 인해 난세가 벌어진 것인가?"

딱히 누구에게 묻는 것은 아니었다. 그저 점점 더 혼탁해져 가는 무림에 대한 걱정을 토로한 것이었다.

풍월이 아무런 말 없이 제갈총의 빈 잔에 술을 채울 때였다.

방문이 열리며 남겨진 환자들을 돌보고 있던 서문세가 무인이 모습을 보였다.

"어르신."

"무슨 일이냐?"

"사람이 찾아왔습니다."

"사람이?"

제갈총의 미간에 주름이 잡혔다.

"예, 개방에서 왔다고 합니다."

개방이란 말에 풍월이 먼저 반응했다.

"어서 이곳으로 모시지요."

제갈총이 어이없다는 눈으로 풍월을 노려볼 때 한 청년이 서문세가 무인의 안내를 받으며 방 안으로 들어섰다.

비루한 옷차림 하며 어느새 방 안 가득 퍼진 누린내와 땀 냄새, 누가 보더라도 개방의 제자로 보이는 청년은 지친 기색이 역력했다.

"개방의 호선이 생사의괴 어르신을 뵙습니다."

호선이 무릎을 꿇고 예를 올렸다.

"우리가 안면이 있더냐?"

제갈총이 호선의 모습을 찬찬히 살피며 물었다.

"삼 년 전, 방주님을 모시고 화평연에 갔다가 먼발치에서 뵌 적은 있습니다."

"그래? 한데 어째서 노부를 찾은 것이냐?"

"태상장로님께서 이걸 전해 드리라 하셨습니다."

호선이 품에서 천에 싼 물건을 꺼냈다.

처음엔 분명히 흰 천이었으리라 예상되는 천은 누렇게 변질된 상태였다.

제갈총이 찝찝한 얼굴로 천을 받아 들더니 안의 내용물을 살폈다.

"음."

제갈총의 입에서 묵직한 신음이 흘러나왔다.

궁금함을 참지 못한 풍월이 고개를 빼며 천에 쌓여 있던 물건을 살폈다.

'화살촉?'

어디에서나 흔히 볼 수 있는 화살촉이었으나 제갈총의 반응으로 보아 분명 어떤 사연이 담겨 있을 터였다.

"빌어먹을 놈! 이게 언제 적 것인데 아직도 가지고 있어."

제갈총이 신경질적으로 화살촉을 집어 던졌다.

개방의 가장 큰 어른이라 할 수 있는 태상장로로부터 전해진 화살촉이 단숨에 창문을 뚫고 사라져 버렸다.

제갈총의 느닷없는 행동에 다들 깜짝 놀랐지만 이미 이런 반응을 예상했는지 호선은 표정 하나 변하지 않았다.

"이제는 죽을 날만 받아놓은 늙은이가 기억도 가물가물한 물건을 보내올 정도면 개방에 큰 일이 터진 모양이구나. 말해 보거라. 무슨 일이냐? 노화자(늙은 거지)가 노부에게 원하는 게 무엇이냐?"

"빙백한천투살공(氷魄寒天透煞功)에 당해 음기와 한기가 골수까지 침범한 부상자가 있습니다. 태상장로께선 생사의괴 어르신께서 그 부상……."

제갈총이 잔뜩 굳은 얼굴로 말을 잘랐다.

"북해빙궁이냐?"

"그, 그렇습니다."

"음기와 한기가 골수에 이르렀다면 이미 늦은 상황이다. 누구냐? 누가 당한 것이기에 노화자가 이리 다급히 노부를 찾는 것이냐?"

잠시 머뭇거리며 주변을 돌아보던 호선이 풍월을 알아보곤 울먹이듯 말했다.

"후개께서 당하셨습니다."

순간, 침상에 앉아 있던 풍월이 튕기듯 일어났다.

"지, 지금 뭐라고 했습니까? 구양 형님이 당했다는 말입니까?"

"그렇습니다, 풍 공자님."

"대체 얼마나 위중하길래……."

풍월은 울먹이는 호선을 보며 말을 잇지 못했다.

"언제 당한 것이냐?"

제갈총이 다시 물었다.

"제가 이곳으로 온 시간까지 감안한다면 이십여 일 정도 됩니다."

"쯧쯧, 빙백한천투살공에 당하고 음기와 한기가 골수까지 침입했다면 이미 늦었다. 설사 노부가 아무리 빨리 달려간다고 해도 최소한 열흘은 걸릴 터. 그때까지 버틸 수가 없어."

제갈총이 혀를 차며 고개를 젓자 풍월의 눈에서 불길이 치솟았다. 답답함을 참지 못한 풍월이 막 폭발하려는 순간, 호선이 차분히 입을 열었다.

"태상장로께서 말씀하시길, 생사의괴 어르신께서 도착할 때까지는 어떤 일이 있어도 후개의 명줄을 붙잡아놓겠다고 하셨습니다."

"명줄을 붙잡아? 그게 말처럼 쉬운……."

코웃음을 치던 제갈총이 갑자기 입을 다물었다. 그러고는 설마 하는 표정으로 물었다.

"음기와 한기가 골수까지 침입한 상황에서 그나마 목숨을 부지할 수 있는 방법은 양강지공을 지닌 고수들로 하여금 끊임없이 내력을 불어넣는 것뿐이다. 지금 그런 조치를 취하고 있느냐?"

"그렇습니다. 장로들이 필사적으로 노력하고 있습니다."

"미쳤구나. 개방이 미쳤어! 고작 후개 하나를 살리자고 늙은 장로들을 아주 갈아 넣고 있구나."

제갈총이 비난의 수위를 높이자 그때까지 무릎을 꿇고 있던 호선이 벌떡 일어나며 소리쳤다.

"고작이 아닙니다."

호선이 목소리를 높였다. 그의 눈에선 어느새 눈물이 흐르고 있었다.

"방주께서 돌아가신 지금, 후개마저 잘못된다면……."

호선은 차마 말을 잇지 못하고 피가 나도록 입술을 깨물었다.

"지금 뭐라 했느냐? 황 방주가 죽었다고 했느냐?"

"……."

호선이 침묵하자 제갈총이 버럭 소리를 질렀다.

"황 방주가 죽었느냐 물었다."

"그렇습니다."

"북해빙궁에 당한 것이냐?"

"예, 빙백한천투살공에 당한 후개를 구하시려다 놈들의 역공을 받으셨습니다."

"비록 천하십대고수로 꼽힐 정도는 아니나 황 방주는 결코 만만치 않은 무공을 지녔다. 특히 방주의 타구봉법은 어떤 상황에서도 목숨만은 부지할 수 있는 절세의 무공이다. 역공을 받았다고는 하지만 목숨을 잃었다는 것이 쉽게 이해가 되지 않는구나."

"방주께서도 빙백한천투살공에 당하셨습니다. 당한 부위가 워낙 심장에 가까웠던 터라 후개의 부상보다 더욱 심각했습니다. 더구나 방주께선 치료를 거부하셨습니다."

"왜! 어째서 치료를 거부하셨단 말입니까?"

풍월이 참지 못하고 물었다.

대답은 호선이 아니라 제갈총의 입에서 흘러나왔다.

"아까 말하지 않았더냐? 빙백한천투살공에 당하면 인간으로선 감당키 힘든 음기와 한기가 골수에 침입한다. 오장육부는 물론이고 기경팔맥과 전신으로 퍼지는 핏줄마저 얼어붙고 말지. 그 한기와 음기를 막아내기 위해선 그만한 양강지력을 몸속에 불어넣어야 한다. 하지만 빙백한천투살공의 음기와 한기와 맞설 만한 양강지력을 지닌 고수를 찾기는 쉬운 일이 아니다. 황 방주는 그래서 포기를 했을 것이다. 자신이 아닌 제자를 살리기 위해서. 노부의 예측이 틀렸느냐?"

"어르신의 말씀대로입니다. 방… 주께서 후개를 위해 스스로 치료… 를 거부하셨습니다."

고개를 숙이며 대답하는 호선이 눈에서 굵은 눈물이 뚝뚝 떨어졌다.

"애도 아니고 질질 짜긴. 그 시간에 환자 상태가 어떤지 좀 더 자세한 얘기나 해봐라."

"가, 가주시는 겁니까?"

호선이 눈물을 닦으며 물었다.

"노화자가 저렇듯 부탁을 하는데 일단 가보기는 해야겠지. 그나저나……."

제갈총이 풍월을 향해 고개를 홱 돌렸다.

"네놈들 형제는 왜 다 이 모양이냐?"

제68장

호랑이 꼬리

개방의 방주가 목숨을 잃고 후개마저 목숨이 위태롭다는 소식을 접한 제갈총은 다음 날 아침 호선의 안내를 받으며 두 제자와 함께 무이산을 떠났다.

떠나는 제갈총 일행을 보며 풍월은 착잡한 표정을 감추지 못했다. 마음이야 당장 달려가고 싶었지만 사마혼의 진기를 제대로 수습하지 못한 상황에서 적과의 싸움은 명만 재촉하는 것일 뿐, 아무런 도움도 되지 못한다. 더구나 이틀 만에 겨우 정신을 차린 형웅을 두고 떠난다는 것도 말이 되지 않았다.

심란한 마음을 다잡은 풍월은 매일같이 운기조식을 하며 사마혼의 진기를 흡수하기 위해 최선의 노력을 기울였다. 유연청과 황천룡은 호법을 서며 혹시 모를 불상사에 대비했다.

처음엔 쉽지 않았다. 천마대공이란 불세출의 내공심법이 있음에도 그 그릇 자체가 아직 완성되지 않았기에 사마혼의 진기를 모조리 담을 수가 없었다.

풍월은 서두르지 않았다.

천천히, 아주 천천히 공략을 했고 완강히 버티던 사마혼의 진기는 시간이 흐를수록 천마대공의 힘에 굴복하기 시작했다.

그렇게 열흘이란 시간이 흘렀다.

밥 한 끼, 물 한 모금 먹지 않고 오직 운기조식만을 하며 사마혼의 진기를 흡수하기 위해 애쓰던 풍월이 마침내 자리를 털고 일어났다.

비록 완벽하게 흡수를 한 것은 아니나, 최소한 어떤 상황에서라도 멋대로 날뛰지 못할 정도로 눌러놓는 데는 성공했다.

풍월은 그것으로 만족했다. 시간을 더 투자하여 노력한다면 사마혼의 진기를 완벽하게 흡수할 자신이 있었지만, 구양봉의 생사가 위험하다는 것을 알게 된 지금 한가로이 운기조식만 하고 있을 수는 없었다.

풍월이 사마혼의 진기를 흡수하는 데 전력을 기울이는 동안 형응 역시 병상을 박차고 일어났다.

저승 문턱에 다녀온 사람에게 열흘이란 시간은 완벽하게 몸을 추스르기엔 충분한 시간은 아니나, 제갈총이 놀랄 정도로 생명력이 강한 형웅은 부상을 이겨내고 어느 정도 몸을 추스르는 데 성공했다.

제갈총이 떠나고 열하루가 되던 날, 풍월과 그 일행 역시 무이산을 떠나 북상하기 시작했다.

풍월은 북상하는 길에 제갈세가에 잠시 들러 정의맹에 대한 조사를 뒤로 미룰 수밖에 없는 상황을 설명했다.

개방의 방주가 목숨을 잃고 팽팽하게 대치하던 북해빙궁과의 전선이 크게 흔들리고 있다는 것을 알고 있던 제갈중은 정의맹에 대한 조사는 제갈세가에서 책임을 질 테니 구양봉은 물론이고 위기에 빠진 전선을 꼭 구하라 당부를 하며 제갈세가에서 보유하고 있는 준마(駿馬)를 내주었다.

준마를 타고 북상하길 만 하루, 장강을 눈앞에 둔 풍월 일행은 그대로 도강을 하여 북상하는 것보다 장강을 거슬러 올라가 무창 인근에서 북상하는 것이 더 빠르다는 결론을 내리고 배를 수소문했다.

다행히 장강을 오르내리는 상선은 많았다. 다만 말을 태울 수 있는 상선을 구하기가 쉽지 않았기에 인근 표국에 들러 그들이 빌려 탄 준마를 제갈세가에 돌려주라는 의뢰를 하곤 배에 올랐다.

"열사흘이나 흘렀네. 지금쯤이면 도착을 하셨을라나?"

막 배에 승선하여 적당한 곳에 자리를 잡은 황천룡이 손가락으로 제갈총이 떠난 시간을 헤아리며 물었다.

"아마도요. 거리가 워낙 멀어서 장담할 수는 없지만 개방의 도움을 받아 최대한 서둘러서 이동을 하셨을 테니 도착하셨을 것이라 봅니다."

풍월의 말에는 확신보다는 꼭 그랬으면 하는 바람이 깃들어 있었다.

"선실로 들어가려고?"

풍월이 선실로 향하는 형웅에게 물었다.

"예, 아무래도 이곳은 번잡해서요."

"그래."

근래 들어 뭔가 깨달음이 있는 것인지 시간이 날 때마다 구석에 처박혀 혼자만의 세계에 빠진다는 것을 알고 있던 풍월이 웃으며 고개를 끄덕였다.

"나도 갈래요."

유연청이 형웅을 따라 나섰다.

풍월의 지도를 받은 그녀 역시 형웅과 비슷한 상황을 겪고 있었다.

"아저씨는요?"

"난 됐다. 갑갑한 선실에 처박혀 있느니, 바람이나 쐬고 있으련다. 그런데 너도 들어가려고?"

"저라고 별수 있나요? 이거 제대로 다스리려면 아직 멀었습니다."

풍월이 자신의 단전을 툭툭 치며 웃었다.

"쳇! 무공에 미친 인간들 같으니라고. 다들 적당히 좀 하라고 해라. 이 멋진 풍경을 두고 냄새나는 선실에 처박히려 하다니."

황천룡이 장강 좌우로 그림같이 펼쳐지는 풍경에 찬사를 보낼 때쯤 풍월은 이미 선실로 사라진 뒤였다.

*　　　*　　　*

"어때?"

개방의 태상장로 연육이 초조한 얼굴로 물었다.

개방을 덮친 참사에 가뜩이나 연로한 연육의 몰골은 금방이라도 관 뚜껑을 열고 들어간다고 해도 이해할 수 있을 만큼 위태롭게 보였다.

아무런 대답이 없자 다시금 물었다.

"어떠냐고?"

"쯤!"

제갈총이 고개를 홱 돌렸다.

"정신 사납게 하지 말고 입 좀 다물고 있어!"

"돌팔이 같은 놈! 진맥만 벌써 반 각이잖아. 누구 복장 터져 죽는 꼴을 보려고 그러는 거냐?"

"돌팔이라면서 부르긴 왜 불러? 아무튼 닥치고 있으라고."

연육을 잡아먹을 듯 노려본 제갈총이 고개를 돌려 다시 진맥을 하기 시작했다.

"으음."

연육의 입에서 침음이 흘러나왔다. 답답함에 미칠 지경이었지만 제갈총의 반응에 어쩔 수 없이 입을 꾹 다물고 있어야 했다.

제갈총은 앞서 시간을 보낸 만큼의 시간을 더 보낸 다음에야 진맥을 끝냈다.

"어때?"

연육이 제갈총이 손을 떼자마자 참지 못하고 물었다.

"급하기는. 숨이나 좀 돌리자."

혀를 찬 제갈총이 옆에 놓인 물 주전자를 들어 벌컥벌컥 물을 들이켰다.

"아주 제대로 당했네. 음한지기가 아주 전신을 장악했어. 그럼에도 이렇게 버티고 있다는 것은……."

제갈총이 연육의 얼굴을 찬찬히 살폈다.

내일모레 구십을 바라보는 나이라지만 쪼그라들어도 너무

쪼그라들었다. 그뿐만이 아니라 주위에서 초조하게 지켜보는 개방의 장로 대부분의 상태가 몹시 좋지 않았다.

"쯧쯧, 어린놈 하나 살리겠다고 아주 개고생들을 하고 있고만."

"개방의 미래니까. 방주를 잃었는데, 이 녀석까지 잃으면 개방은 끝장이야."

연육이 죽은 것처럼 누워 있는, 전신에 서리가 내린 듯 차갑다 못해 한기가 느껴지는 구양봉을 안쓰럽게 바라보며 말을 이었다.

"그래서, 가능성은 있는, 아니, 있겠지?"

연육이 없다고 말을 하면 멱살이라도 틀어쥘 기세로 물었다.

"몰라. 최선을 다하긴 하겠지만 솔직히 자신은 없어."

고개를 저은 제갈총이 뒤쪽에서 대기하고 있던 왕수인과 용패를 향해 말했다.

"곧 성라활인금침대법(星羅活人金針大法)을 시전할 것이다. 너희들은 무엇을 해야 하느냐?"

"예, 그, 그것이……."

용패가 말끝을 흐리자 왕수인이 자신 있게 대답했다.

"성라활인금침대법으로 몸 안에 든 음한지기를 몰아내는 것을 돕기 위해 천양금황탕(天陽金黃湯)을 준비해야 할 것 같습니다."

"호오, 그래도 선배라고 제법이구나. 하면 천양금황탕에 들어갈 약재는 무엇이 있느냐?"

"가장 중요하면서 핵심적인 약재로 화룡란(火龍卵)이 있으며 구엽초, 백출과 백봉령, 당귀와 청궁, 황기……."

왕수인은 거침없이 이십여 개가 넘는 약재들의 이름을 거론했다. 용패는 멍한 얼굴로 왕수인을 바라보다 슬그머니 노려보는 제갈총의 눈빛에 화들짝 놀라 왕수인이 거론한 약재들을 되뇌며 기억했다.

"하지만 현재 몇 가지 약재는 구할 수가 없습니다. 시간을 주시면……."

"그럴 여유가 없다는 것은 너도 알지 않느냐? 부족하면 부족한 대로 준비를 하여라. 그 정도면 크게 효과가 떨어지지는 않을 것이다."

"알겠습니다."

왕수인이 탕약을 준비하러 움직이려 하자 용패도 얼떨결에 몸을 일으켰다.

"네 녀석은 이곳에 남고."

"예?"

"이 사부가 어떻게 시침을 하는지 곁에서 지켜보거라."

"아, 알겠습니다."

용패가 감격한 얼굴로 허리를 숙였다.

제갈총이 구양봉을 향해 다시금 시선을 돌렸다.

"어떤 놈인지 모르지만 빙백한천투살공을 제대로 익혔어. 이 정도면 최소한 십성 이상이야."

"북리편, 그 잡놈에게 당했다."

연육이 이를 부득 갈았다.

"북리편? 우리가 아는 그놈이야?"

"북리편이라는 이름을 쓰는 잡놈이 그놈 말고 어디 있어?"

"허! 아직도 뒈지지 않고 살아 있었네. 그놈을 만난 것이 한 삼십 년 되었나?"

"삼십 년은 무슨. 사십 년은 족히 되었고만."

"하긴 북해빙궁이 마지막으로 도발한 것이 그쯤 되었군. 그러고 보니 꽤나 오랫동안 참고 있었어."

그 옛날, 정무련을 도와 북해빙궁과 드잡이질을 한 것을 헤아려 보던 제갈총이 고개를 끄덕였다.

"한데 놈이 이렇게 날뛸 동안 뭘 한 거야?"

제갈총의 핀잔 섞인 말에 연육이 한숨을 내쉬었다.

"예전보다 더욱 강해졌어. 솔직히 옛날에도 감당하기 힘든 놈이었는데 그보다 훨씬 더. 후개는 둘째 치고 방주가 그렇게 쉽게 당할 줄은 상상도 하지 못했다. 검황의 후예가 제때에 도착하지 않았다면 그곳에 있던 이들 모두가 모조리 목숨을 잃었을 거다."

"검황의 후예? 아! 초연 그 아이가 이곳에 있단 말이야?"

"그래, 덕분에 살았지. 한데 어처구니없는 일이 벌어졌다."

"뭔데?"

"북리편 그 잡놈이 검황의 후예와 대등하게 싸웠다. 한참을 싸웠지만 우열을 가리지 못했어."

제갈총의 눈동자가 지진이라도 난 것처럼 크게 흔들렸다.

"말도 안 돼!"

"더 놀라운 사실은 북해빙궁에 그 잡놈을 능가하는 고수가 존재한다는 거야. 버금가는 놈들도 꽤나 되고. 도저히 이해할 수가 없어. 북해빙궁이 강하다는 것은 천하가 다 알고 있는 사실이야. 그렇다고 해도 감당하지 못할 정도는 아니었지. 하지만 이번엔 달라. 소림사와 산동악가, 본 방이 전력을 다해 부딪쳤음에도 좀처럼 승기를 잡을 수가 없어. 엄밀히 말하자면 밀리고 있다는 것이 정확해. 노부가 느끼기에 놈들은 아직도 전력을 쏟아붓지 않았거든."

"그건 또 무슨 개소리야? 놈들이 사정을 봐주고 있단 말이야?"

제갈총이 어이없는 얼굴로 물었다.

"확신할 수는 없지만 아무래도 그런 생각이 들어. 분명히 유리한 국면에서도 슬그머니 힘을 빼며 물러나는 것을 몇 번이나 느꼈거든."

"흠, 이해할 수가 없네. 북해빙궁 놈들이 절대 그럴 놈들이 아닌데. 아참, 혹시 놈들이 개천회와 연관이 있는 건 아닌지 확인해 봤어?"

연육은 제갈총의 물음에 고개를 저었다.

"아직까지 그런 정황은 보이지 않아. 하지만 모르지. 우리가 알지 못하는 뭔가가 있을는지는. 북해빙궁이나 개천회나 워낙 감추는 것이 많은 놈들이라. 만약 그렇다면 정말 큰일이야. 지난 싸움에선 본 방이 크게 당했고 얼마 전엔 산동악가마저 심하게 당했으니까. 자칫하면 이곳 전선 자체가 무너질 수가 있어. 그렇다고 지원도 여의치가 않으니……."

연육이 땅이 꺼져라 한숨을 내쉬었다.

마련으로 인해 초토화가 된 강남무림, 환사도문과 개천회로 인해 힘든 나날을 지내고 있는 서북무림 어디에서도 지원군을 기대할 수가 없었기 때문이었다.

"며칠만 기다려 봐. 어쩌면 좋은 소식이 있을 수 있을 테니까."

시침을 시작하려는 것인지 제갈총이 품에서 옥으로 만든 침합을 꺼내며 말했다.

"무슨 소리야? 지원군이라도 온다는 말이야?"

무림의 상황이 어찌 돌아가고 있는지 뻔히 알고 있던 연육은 별로 기대도 되지 않는다는 얼굴이었다.

"지원군이라고 하기엔 뭐하지만 몇 놈이 오기는 올 거야. 아마 죽을힘을 다해 달려오고 있을걸."

"누군데?"

"있어. 그런 괴물 같은 놈들이. 쯧쯧, 멍청한 놈들. 하고많은 놈들 중에 하필이면 왜 이놈을 건드려서."

혀를 찬 제갈총이 구양봉의 볼을 툭 치곤 연육을 향해 의미심장한 미소를 지어 보였다.

"호랑이 꼬리를 밟으면 어찌 되는지 알아?"

질문을 던지는 제갈총, 왠지 조금은 신나 보이는 얼굴이었다.

* * *

"괜찮아요?"

풍월이 지그시 감고 있던 눈을 뜨자 호법을 서고 있던 유연청이 걱정스러운 얼굴로 물었다.

"그래, 무슨 일인 거야?"

"잘 모르겠어요. 뭔가 충돌을 하고 갑자기 배가 멈추는 것 같은데."

유연청이 고개를 저었다.

"형응은?"

"무슨 일인지 알아본다고 나갔……."

유연청의 말은 문을 열고 객실로 들어선 형응으로 인해 끊겼다. 뒤이어 황천룡도 모습을 보였는데 그사이 술을 마셨는지 낯빛이 꽤나 불콰해져 있었다.

"무슨 일이야?"

풍월의 물음에 형응보다 한발 앞서 황천룡이 대답했다.

"흐흐흐! 빨리 갑판으로 올라가자. 재밌는 일이 벌어질 것 같다."

"무슨 일인데요?"

"수적(水賊) 놈들."

"예?"

"장강수로맹 놈들이 배를 가로막았어. 아마도 통행세를 받으려는 모양이다."

황천룡은 뭔가 신나 하는 모습이었지만 풍월은 잔뜩 인상을 찌푸리며 입을 다물었다.

"왜? 그냥 두고만 볼 거야?"

"통행세라면서요?"

"그런데?"

"여기서 우리가 나서면 우리야 상관은 없지만, 앞으로도 계속 장강을 오르내려야 하는 이 배엔 골치 아픈 일이 생길 것 같아서요. 그냥 좋은 게 좋은 거라고 끝까지 책임지지 못할 거라면 저들끼리 해결하라고 모른 척하는 것이 나을 듯싶네요."

"흠, 듣고 보니 그러네."

전직 산적이라 할 수 있는 황천룡은 풍월의 말을 금방 이해했다. 그들의 영업(?) 방식 또한 수적들과 다르지 않았기 때문이다.

"그런데 몇 놈이나 되는 것 같냐?"

풍월이 형응에게 물었다.

"놈들이 배를 건너오기 전에 내려와서 정확히는 알 수 없지만 대략 삼십 정도는 넘어오는 것 같던데요."

"실력은?"

"별 볼 일 없어요. 몇몇은 그런대로 괜찮은 무공을 지닌 것 같기는 한데 나머지는 뭐……."

"됐다. 알아서 잘하겠지."

풍월은 아예 신경을 끊겠다는 듯 자리에 누워 눈을 감았다.

취기가 올라오는지 거하게 트림을 한 황천룡도 그의 곁에서 대자로 뻗었다.

한심하단 얼굴로 고개를 저은 유연청이 가부좌를 틀고 앉자 형응이 자연스레 문 쪽으로 움직였다. 바로 그때, 갑판에서 내려온 선원이 어쩔 줄을 몰라 하는 얼굴로 소리쳤다.

"다, 다들 갑판으로 올라가십시오. 어서요."

"무슨 일이야?"

황천룡이 신경질적으로 몸을 일으키며 물었지만 선원은 대꾸도 없이 이리 뛰고 저리 뛰어 다니며 소리쳤다.

"어서 갑판으로 올라가십시오. 빨리 올라가십시오. 잘못하면 큰일 납니다. 어이쿠!"

소리를 치며 선실을 뛰어다니던 선원이 비명과 함께 나뒹굴었다.

"이 새끼가 왜 겁을 주고 지랄이야! 잘못을 안 하면 큰일 날 일이 없는데."

"확 목을 따버릴까 보다."

"사, 살려주십시오."

선원이 자신의 목에 닿는 칼날에 기겁하며 두 손을 모으고 머리를 조아렸다.

"쫄긴, 빨리 가서 하던 일이나 계속해."

선원의 몸에 발길질을 한 수적이 낄낄대며 소리쳤다.

"알아서 기어 나와라. 몰래 숨어 있다가 걸리면 포를 떠서 고기밥으로 던져줄 테니까."

손에 든 칼로 벽을 쳐대며 외치는 수적들의 모습은 충분히 위압적이었다.

"나오라는데 어찌할래?"

황천룡이 잔뜩 찌푸린 얼굴을 하고 있는 풍월에게 물었다.

"고기밥으로 던진다는데 나가봐야죠."

풍월이 귀찮은 표정이 역력한 얼굴로 몸을 일으키자 유연청과 황천룡도 따라 일어났다.

"근데 재들은 알까? 얌전히 앉아 있는 호랑이 입에 자진해서 대가리를 들이민 걸 말이야. 흐흐흐!"

황천룡이 유연청의 귓가에 속삭이듯 말했다.

"뭐가 그리 재밌는데요?"

유연청이 한숨을 내쉬며 묻자 황천룡의 입가에 더없이 환한 미소가 지어졌다.

"수적놈들이 당하는 건 언제, 어디서나 즐거운 일이야."

갑판에는 이미 꽤나 많은 사람들이 몰려 있었다.

대다수의 사람들은 먹잇감을 눈앞에 둔 맹수처럼 그들을 쏘아보는 수적들의 기세에 겁에 잔뜩 질린 채였다. 수적들과 드잡이질을 많이 해왔던 표사들이나 상단의 사람들은 지금과 같은 상황이 익숙한지 비교적 침착한 모습들이었다.

"어떤 놈들인지 알겠습니까?"

풍월이 황천룡의 옆구리를 툭 건드리며 물었다.

"잠시만, 이쪽이면 삼룡채(三龍寨) 같긴 한데."

황천룡이 눈을 비비더니 수적들이 타고 온 배를 찬찬히 살폈다. 상선의 삼분지 일도 되지 않는 해적선에는 배에 오른 자들만큼의 수적이 여전히 남아 있었다.

돛대 위의 펄럭이는 깃발에서 몸통 하나에 머리가 셋 달린 용 그림을 확인한 황천룡이 깃발을 가리키며 말했다.

"용 머리가 셋, 삼룡채 맞네."

일행이 황천룡의 손을 따라 시선을 돌리던 순간, 갑판을 쩌렁쩌렁 울리는 외침이 들려왔다.

"왜 이렇게 시끄러! 다들 아가리 닥쳐!"

거친 수염으로 얼굴이 뒤덮인 사내, 삼룡채 중간 간부인 왕달의 외침에 소란스럽던 갑판이 순식간에 조용해졌다.

자신의 위엄이 섰다고 여기는지 크게 만족한 웃음을 지은 왕달이 다시금 외쳤다.

"알 만한 사람은 알겠지만 적당한 통행세만 지불하면 해치지 않는다. 대신 쥐새끼처럼 빠져나가려는 놈은."

왕달이 자신 몸통만큼이나 큰 대감도를 휘두르자 난간 한쪽이 그대로 부서져 나갔다. 그렇잖아도 조용한 갑판에 공포감까지 조성되자 왕달이 낄낄거리고 있던 수하들을 향해 눈짓을 보냈다.

"자자, 알아서들 내라고. 알아서!"

수적들이 사람들 사이를 헤집고 다니며 주머니를 내밀었다.

갑판에 오를 때부터 선원들로 하여금 적당한 액수를 전해 들은 사람들은 겁에 질린 얼굴로 통행세를 지불했다.

수적들은 간혹 마음에 들지 않는 액수를 집어넣는 사람들이 있으면 살기 어린 눈빛으로 위협해 원하는 돈을 더 뜯어냈다.

“어떻게 해?”

황천룡이 나직이 물었다.

“그냥 내요.”

풍월의 눈짓을 받은 황천룡이 떨떠름한 얼굴로 고개를 끄덕이곤 수적들이 들고 다니는 주머니에 선원들이 일러준 액수를 넣었다.

그것으로 모든 것이 끝난 줄 알았다.

하지만 통행세를 수거하는 수적이 유연청의 얼굴을 보며 상황이 묘하게 흘러가기 시작했다.

저희들끼리 숙덕이던 수적들이 거만한 자세로 팔짱을 끼고 있던 왕달에게 다가가더니 유연청을 가리키며 몇 마디 말을 전했다.

까치발을 들어 유연청을 살핀 왕달의 눈빛이 음욕으로 빛났다.

‘흐흐흐, 고년 참. 채주님께 바치면 큰 상을 받겠네.’

왕달이 수하들을 이끌고 풍월 일행에게 성큼성큼 다가와

소리쳤다.

"너희 연놈들, 모두 일행이냐?"

"그렇습니다."

황천룡이 허리를 숙이며 대답했다.

"몇 가지 조사를 할 것이 있으니 너희들은 모두 내려라."

"예? 우리 모두 원하는 통행세를 지불했습니다만."

"시끄럽다. 근자들어 우리를 노리는 관부의 끄나풀이 있다더니만 네놈들 아니냐?"

"우린 관부의 끄나풀이 아닙니다."

황천룡이 억울하다는 표정을 지으며 말했지만 소용이 없었다.

"그거야 조사를 해보면 알 것이고."

우두머리가 비릿한 미소를 지으며 말했다.

황천룡과 대화를 나누면서도 그의 시선은 유연청에게 향해 있었다.

유연청은 자신의 몸을 훑고 있는 우두머리의 시선에 벌레가 기어가는 듯한 느낌을 받았다.

"뭣들 하느냐? 빨리 끌고 가."

왕달이 수하들에게 소리를 지르자 수적들이 풍월 등을 칼끝으로 꾹꾹 찌르며 이동을 하란 신호를 보냈다.

수적들의 위협에 두려워하기는커녕 오히려 싱글거리는 황천룡, 형웅은 아무런 감정도 내비치지 않았고 풍월은 한숨을 내뱉었다. 그중 가장 먼저 반응한 사람은 유연청이었다.

"으악!"

유연청의 몸에 손을 대려던 수적 하나가 비명을 내뱉으며 바닥을 뒹굴었다.

바닥에 쓰러져 발광하는 수적의 손목과 오른쪽 발목이 기묘한 방향으로 꺾여 있었다.

"미친년이!"

옆에 있던 수적들이 욕설을 내뱉으며 칼을 휘둘렀다. 왕달은 자신의 명도 없이 다짜고짜 칼을 휘두르는 수하들을 보며 얼굴을 찌푸렸다.

유연청은 지금껏 보아온 여인들 중 첫손에 꼽힐 정도로 아름다웠다. 상품으로 치자면 그야말로 최상품. 삼룡채에서 자신의 입지를 제대로 굳힐 상품을 망칠 수는 없었다.

"그년은 놔두고!"

왕달의 다급한 외침에 유연청에게 향하던 칼이 곧바로 방향을 틀었다.

형웅의 시선이 풍월에게 향했다.

풍월이 어쩔 수 없다는 듯 고개를 끄덕였다.

번쩍!

수적들의 눈에는 그것이 번개로 보였다.

구름 한 점 없는 맑은 날에 어째서 번개가 치는 것인지 이해를 하지 못했지만 틀림없는 번개였다.

하지만 뒤이어 따라온 것은 천둥소리가 아니라 동료들의, 자신의 비명 소리였다.

풍월 일행을 위협하던 다섯 명의 수적의 입에서 동시에 비명이 터져 나왔다.

비틀거리며 물러나는 수적들은 약속이라도 한 듯 무기를 들고 있던 손을 움켜잡았으나 잘린 손목에서 치솟는 피를 멈추지는 못했다.

수적들의 잘린 손목에서 뿜어져 나온 피가 사방을 적실 때, 황천룡이 형웅을 향해 씩씩거렸다.

"야, 제대로 하지 이게 뭐냐?"

황천룡이 피 묻은 얼굴을 닦으며 짜증을 냈다.

"못 피한 사람이 바보지요."

형웅이 어느새 한 걸음 물러나 있는 풍월과 유연청을 힐끗 바라보며 말했다. 그들은 얼굴은 물론이고 옷에도 피 한 방울 묻어 있지 않았다.

말해봐야 자신만 손해란 생각에 신경질적으로 고개를 돌렸다.

"너, 이름이 뭐냐?"

"뭐……."

"이름이 뭐냐고?"

황천룡이 버럭 소리를 지르자 왕달이 얼떨결에 대답했다.

"와, 왕달이다."

"이름도 미련하네. 병신, 어떻게 그런 눈치로 수적질을 하냐?"

"무슨 개소리를……."

"닥치고."

황천룡이 다시금 왕달의 말을 잘랐다.

"이 생활을 제법 오래한 것 같은데 건드려야 할 사람과 그렇지 않은 사람이 구별이 안 되냐? 어떻게 그런 눈깔로 지금껏 명줄을 잡고 있는지 이해가 안 가네."

황천룡이 땅에 떨어진 손목을 툭툭 건드리며 웃었다.

"이거 어떻게 할 거야, 이거? 윗대가리가 멍청하니까 애꿎은 수하들의 손목만 날렸잖아."

왕달은 황천룡의 비웃음을 더 이상 참지 못했다.

"뒈져랏!"

왕달의 거대한 칼이 황천룡을 짓뭉갤 듯 날아들었다.

수적치고는 상당히 빠른 움직임이었으나 녹림의 총순찰로 나름 무림에 명성을 떨쳤던 황천룡이 보기엔 어린아이 장난과 같은 공격이었다.

슬쩍 몸을 트는 것만으로 왕달의 공격에서 벗어난 황천룡이 그대로 주먹을 날렸다.

"꺼져, 병신아!"

황천룡의 주먹이 정확히 왕달의 얼굴을 강타하고 육중한 몸이 붕 떠서 갑판 한 구석으로 날아가 처박혔다.

몇 번 몸을 꿈틀대던 왕달은 기절을 한 것인지 그대로 축 늘어져 버렸다.

왕달이 단 한 방에 쓰러지자 주변을 에워싸고 있던 수적들은 어찌할 바를 몰랐다.

"저 쓰레기 데리고 그냥 조용히 꺼져. 그게 명줄 늘리는 길이다."

황천룡이 파리를 쫓듯 손을 휘휘 내저었다.

"누구의 명줄이 짧은지는 두고 보면 알겠지."

뒤쪽에서 날이 잔뜩 선 음성이 들려왔다.

"어떤 새끼가……."

황천룡이 가소롭다는 표정을 지으며 몸을 돌렸다.

풍월과 형웅 등은 낯선 자의 등장을 눈치채고 있었는지 이미 고개를 돌린 상태였다.

"너, 너는!"

목소리의 주인을 확인한 황천룡의 눈이 크게 떠졌다.

"천박한 목소리를 듣고 예상은 했다만 역시 네놈이었군. 오랜만이다, 황천룡."

장강수로맹 총순찰, 항균이 입가 가득 비웃음을 흘리며 손을 흔들었다.

"어째 사연이 있는 사이 같은데, 아냐?"

풍월의 중얼거림에 유연청이 슬며시 다가와 답했다.

"녹림의 총순찰과 장강수로맹의 총순찰이라는 공통점이 있어요. 그리고 어릴 적부터 악연도 있고요."

"악연?"

풍월이 흥미롭다는 얼굴로 물었다.

"지금은 사라졌지만 몇 년 전까지만 해도 녹림과 장강수로맹도 나름 교류가 있었어요. 삼 년에 한 번씩 회합도 하고 잔치도 열고 비무대회도 열면서 우의를 다졌지요. 물론 눈곱만큼의 우의도 생기지는 않았지만."

유연청의 표정을 보니 교류 자체를 좋게 생각하는 것 같지가 않았다.

"수적과 산적이 사이가 좋지 않다는 것은 세상 사람들이 다 알고 있지. 견원지간(犬猿之間)을 능가할 정도라는 말이 있을 정도니까. 그래도 그런 노력이 있을 줄은 몰랐네."

"다 부질없는 짓이었지요. 어쨌든 어릴 적부터 각 진영에서 촉망받던 황 아저씨와 장강수로맹의 총순찰은 비무대회에서 정확히 세 번을 싸웠어요."

"분위기를 보니 황 아저씨가 밀리는 것 같은데, 맞지?"

풍월이 여전히 말싸움을 하고 있는 황천룡과 항균을 힐끗 바라보며 웃었다.

"예, 한 번 이기고 두 번을 졌어요."

"호오, 황 아저씨가 어디 가서 꿀리는 실력은 아닌데, 저자도 꽤나 뛰어난 실력을 지니고 있는 모양이네."

"다른 건 몰라도 비도술 하나만큼은 솔직히 대단하다고 할 수 있어요."

"야, 대단하단다."

풍월이 형웅을 보며 피식 웃었다.

살황마존의 살예를 익히기 전에도 뛰어난 실력을 지녔지만 살황마존의 살예를 익힌 후, 형웅의 비도술은 가히 신기의 경지에 이르렀기 때문이다.

그사이 해적선에 머물던 자들까지 모조리 상선에 올랐다.

수적의 수가 오십이 훌쩍 넘자 갑판의 분위기는 더욱더 살벌해졌다.

"악연이라고 해도 인연은 인연이니까 마지막으로 충고를 해주마. 데려온 놈들 데리고 조용히 꺼져라. 그러면 무사할 수 있을 거다."

"무사? 그건 우리가 해야 할 말 같은데."

항균이 주변을 에워싸고 있는 수하들을 힐끗거리며 말했다.

"저런 허수아비들을 믿고 그러는 거냐?"

황천룡이 입술을 비틀며 비웃었다.

"허수아비가 휘두르는 칼이라도 맞으면 뒈지는 법이지. 무엇보다 네놈을 보낼 수 없는 이유가 있다."

항균의 시선이 유연청에게 향했다.

"녹림대제의 마지막 혈육, 맞지?"

"……."

"그렇게 놀랄 표정을 지을 필요는 없잖아. 이 바닥에서 자리를 빼앗긴 녹림대제의 혈육이 도망 다닌다는 것을 모르는 사람은 아무도 없는데. 게다가 막대한 현상금까지 걸려 있다고."

항균의 조롱에 황천룡의 눈가에 진한 살기가 맺혔다.

"죽고 싶냐?"

"네가 나를? 무리지 싶다. 차라리 얌전히 끌려가는 게 어때? 옛정을 생각해서 목숨만은 살려줄 수 있는데."

항균은 황천룡의 위협에 전혀 굴하지 않고 조롱의 강도를 높여갔다.

"그 터진 입을 뭉개 버리고 싶긴 하지만 굳이 내가 할 필요는 없을 것 같다. 빨리 끝내야지 괜히 시간을 끌어봤자 애꿎은 사람들에게만 피해가 가니까."

"겁을 먹고 피하는 주제에 끝까지 입만 살아서."

"입만 산 건지 아닌지는 두고 보면 알겠지. 형웅."

황천룡의 부름에 형웅이 한 걸음 나섰다.

"부탁 좀 하자."

"그러죠."

간단히 대꾸한 형웅이 항균에게 다가갔다.

"힘든 선택을 했네요."

풍월이 입술을 잘근잘근 깨물며 다가오는 황천룡을 향해 웃었다.

"쪽팔리긴 한데 저놈하고 붙으면 쉽게 승부가 나지 않으니까. 배에 피해를 주기도 싫고."

"잘 생각하셨습니다. 어차피 화를 풀 상대는 많으니까요."

"흐흐흐. 그렇긴 해."

황천룡이 주변을 에워싸고 있는 수적들을 보며 스산한 웃음을 흘렸다.

"황천룡! 나를 모욕하는 거냐? 어디서 이따위 애송이를……."

황천룡을 대신해 자신 앞에 선 형웅을 보곤 불같이 화를 내던 항균은 갑작스레 들이친 살기에 헛바람을 들이켜며 입을 다물었다.

눈빛 하나로 숨통을 옥죄는 사내. 항균은 그제야 형웅을 제대로 살필 수가 있었다.

항균은 자신도 모르게 몇 걸음이나 물러났다.

손에는 어느새 여덟 자루의 비도가 들려 있었다.

"네놈은 뭐냐?"

항균이 긴장된 얼굴로 물었다. 대답은 형웅이 아니라 황천룡이 대신했다.

"죽을힘을 다해봐라. 그래 봤자 소용은 없겠지만 뒈지기 전에 그래도 꿈틀은 해봐야지. 크크크!"

항균은 황천룡의 조롱에 반응할 수가 없었다.

형웅도 자신처럼 비도를 빼 들었기 때문이다.

'뭔 놈의 눈빛이…….'

아무런 감정도 느껴지지 않는 눈빛이 지금처럼 부담스럽기는 처음이었다.

지금과 같은 상황에서 선공을 빼앗긴다는 것은 죽여달라는 것과 마찬가지라 여긴 항균이 주저 없이 비도를 날렸다.

딱히 몸을 움직인 것도 아니고 팔을 휘두른 것도 아니다. 그저 손목만 살짝 흔들었을 뿐인데도 손가락 사이에 끼어 있었던 비도가 한줄기 빛으로 화해 형웅을 노렸다.

항균이 던진 비도는 비도술만은 뛰어나다는 유연청의 말을 듣고도 조금은 경시하고 있던 풍월이 탄성을 터뜨릴 정도로 빠르고 날카로웠다.

하지만 항균은 운이 없었다. 없어도 너무 없었다.

살황마존의 살예를 익히기 전에도 형웅이 지닌 비도술은 그의 수준을 가볍게 뛰어넘었다. 살황마존의 살예를 익힌 지금은 아예 비교조차 되지 않을 수준.

따따땅!

날카로운 금속음과 함께 형을 노리며 날아들던 비도가 모조리 튕겨져 나갔다.

"이익!"

이를 꽉 깨문 항균이 나머지 비도를 뿌렸다.

손을 떠난 비도는 조금 전처럼 정직하게 날아가지 않고 사방으로 흩어지며 허공을 갈랐다.

사방으로 흩어졌던 비도가 형웅을 노리며 급격히 모이는 것을 보며 곳곳에서 감탄사가 터져 나왔다.

조금 전, 단 한 자루의 비도를 날려 항균이 던진 네 자루의 비도를 튕겨 버린 형웅이 이번엔 두 자루의 비도를 사선으로 교차해 던졌다.

빛살처럼 날아간 비도는 맹수가 사냥을 하듯 기쾌한 움직임을 보이며 항균이 날린 네 자루의 비도를 모조리 떨궈 버렸다.

항균의 낯빛이 창백해졌다.

오래 싸워볼 것도 없었다. 혼자서는 절대로 이길 수가 없는 상대.

단 두 번의 공격으로 형응의 실력을 알아본 항균은 곧바로 몸을 빼며 수하들에게 명을 내렸다.

"공격해랏!"

항균의 명이 떨어지자마자 그의 후미에서 날개처럼 포진하고 있던 일곱 명의 사내들이 허공으로 솟구쳤다.

그들은 총순찰 휘하에 있는 감찰단원들로, 장강수로맹에서도 정예로 꼽힌다. 애당초 삼룡채의 수적들과는 질적으로 달랐기에 그들의 합공은 제법 위력이 있었다.

감찰단원들이 항균을 돕기 위해 싸움에 나서자 삼룡채의 수적들 또한 이에 호응하여 황천룡과 유연청을 공격하기 시작했다. 다만 묘한 것은 의도적인 것인지, 아니면 본능적인 것인지 그 누구도 풍월을 공격하지는 않는다는 것이다.

"크하하하! 더러운 수적놈들! 모조리 죽여주마."

광소를 터뜨린 황천룡이 미친 듯이 검을 휘두르기 시작했다.

예전부터 사이가 좋지 않았던 장강수로맹의 수적이 상대인지라 그의 검에 인정이란 존재하지 않았다. 그나마 칼이라도 휘둘러 볼 수 있는 왕달은 이미 기절한 상황인지라 황천룡을 상대할 수 있는 수적은 존재하지 않았다.

유연청의 손속도 몹시 매서웠다.

황천룡처럼 목숨을 빼앗는 것은 아니나, 그녀의 손에 걸린 수적들 또한 팔다리가 부러지고 입에 거품을 물며 갑판 위를 나뒹굴었다.

"무… 섭네."

유연청의 낯선 모습에 풍월이 침을 꼴깍 삼켰다.

황천룡과 유연청이 삼룡채의 수적들을 말 그대로 박살 내는 동안 항균과 그의 수하들로부터 합공을 당하고 있던 형웅도 매섭게 손을 쓰고 있었다.

"컥!"

비도에 목을 관통당한 사내가 두 눈을 부릅뜨며 맥없이 무너져 내렸다.

"원무!"

유난히 아꼈던 수하의 허무한 죽음에 항균이 분노와 슬픔이 담긴 음성으로 부르짖었다.

벌써 다섯 명째 목숨을 잃었다.

형웅이 비도를 날릴 때마다 한 명의 수하가 쓰러졌다.

말 그대로 일격필살.

소리도 형체도 없이 날아와 목을 관통하고 사라지는 비도는 사신의 칼날과 같았다.

"크헉!"

또 한 명의 수하가 목을 부여잡고 고꾸라졌다.

"으아아아아!"

항균이 괴성을 내지르며 몸에 있는 모든 비도를 뿌렸다.

몇 번의 공격을 통해 남은 비도는 열 자루가 채 되지 않았지만 죽음을 도외시하고 전력을 다해 날린 비도의 위력은 형웅도 무시하지 못할 정도였다.

형웅이 세 자루의 비도를 날렸다.

파공성을 내며 날아간 세 자루의 비도 중 가장 앞선 비도가 항균이 날린 비도와 부딪치며 산산조각이 났고, 그 조각이 주변의 비도마저 모조리 튕겨냈다.

뒤이은 비도가 항균의 앞을 가로막는 사내의 미간을 꿰뚫었다.

힘없이 무너져 내리는 사내의 귓가를 스치며 마지막 비도가 항균에게 짓쳐들었다.

항균이 몸을 틀며 비도를 쳐내려 했지만 교묘하게 방향을 튼 비도가 그의 심장에 정확히 박혔다.

"끄으으윽!"

심장에 박힌 비도를 잡고 비틀거리더니 결국 대자로 쓰러진 항균의 입에서 고통스러운 신음이 흘러나왔다.

그사이 쥐 잡듯이 수적들을 쓸어버리고 몇 남지 않은 수적을 유연청에게 맞긴 황천룡이 항균 앞에 섰다.

"쯧쯧, 결국 이렇게 됐군. 그러게 조심하라고 했잖아."

황천룡이 혀를 차며 말했다. 하지만 안타까운 마음은 조금도 느껴지지 않았다.

"개 같… 은 놈들! 이… 게 끝이 아니다."

"이게 아직도 정신을 못 차렸네."

황천룡이 발끝으로 항균의 심장에 박혀 있는 비도를 툭 건드렸다.

"끄아아아아!"

항균의 입에서 처절한 비명이 터져 나왔다. 그 표정이나 음성이 어찌나 끔찍한지 갑판 한곳으로 밀려나 있던 이들 모두가 진저리를 쳤다.

"나, 나는 여기… 서 죽지만 본 맹… 이 네놈들을 결코 용서치 않을 것이다. 네놈… 들은 물론이고 이 배, 그리고 배에 탔던 모든 놈들까지 모… 조리 다 찢어발길 것… 컥!"

저주를 퍼붓던 항균이 외마디 비명과 함께 입을 쩍 벌린 채 숨통이 끊어졌다.

"거 새끼, 말 참 많아."

항균의 심장에 박혀 있는 비도의 손잡이를 짓밟아 마지막 숨통마저 끊어버린 황천룡이 귀를 후비며 물러났다.

항균이 죽으면서 길지 않았지만 나름 치열했던 싸움이 끝났다. 그러나 갑판 한쪽에 몰려 있던 이들의 표정은 결코 밝지가 않았다.

애당초 통행세를 지불했던 그들이기에 안전을 보장받은 상태였다. 그런데 풍월 일행으로 인해 장강수로맹과 원한을 맺고 말았다.

항균의 저주에 불과한 것일 수도 있으나 혹시나 하는 마음을 지울 수가 없었다. 특히 배에서 내리면 그만인 이들과는 달리 계속해서 장강을 오르내려야 하는 상선 측에선 걱정이 이만저만이 아니었다.

그들의 분위기를 느낀 것인지 풍월의 표정도 그다지 밝지 않았다.

"왜 그래?"

오랜 적수(?)의 마지막을 장식하고 한껏 어깨에 힘을 넣고 있던 황천룡이 풍월의 옆구리를 툭 치며 물었다.

"저자의 마지막 말이 좀 걸리네요."

"마지막 말? 뭐, 복수를 한다고?"

"예."

"헛소리야. 뒈지기 전에 그냥 내뱉은 말이니까 신경 쓰지 마라."

황천룡은 아무렇지도 않게 말했지만 풍월은 그럴 수가 없었다.

"아니요. 다른 이들은 몰라도 이 배는 문제가 좀 있을 것 같네요. 본보기라는 것이 있으니까요. 녹림도 그렇잖아요. 문제가 생기면 반드시 복수를 한다고 들었는데."

"그렇기는 한데……."

황천룡이 말끝을 흐리자 잠시 생각에 잠겼던 풍월이 상선 옆에서 애처롭게 출렁거리고 있는 해적선을 바라보며 말했다.

"기왕 이렇게 되었으니 확실하게 해결을 하고 가죠. 최소한 이 배나 다른 사람들에게 신경을 쓰지 못할 정도로."

"설마, 삼룡… 채?"

황천룡이 눈을 동그랗게 뜨고 물었다.

"예, 놈들의 수채가 어디에 있는지는 아십니까?"

"대충은. 정확한 거야 저놈들한테 확인하면 되는 거고."

황천룡이 갑판에 쓰러져 신음하고 있는 수적들을 가리키며 말했다.

"한데 조금 걱정입니다. 시간을 너무 많이 뺏기는 것은 아닌지."

"아니, 아니. 어차피 가는 길이야. 그까짓 삼룡채 하나 쓸어버리는 데 얼마나 시간이 걸린다고. 그리고 날랜 해적선을 이용하면 훨씬 빨리 도착할 수 있을 거다."

말이 끝나자마자 쓰러져 있는 해적들에게 달려가는 황천룡. 입가에 걸린 미소가 그렇게 환할 수가 없었다.

*　　　*　　　*

"어서 오십시오."

삼룡채주 숭극이 계단을 오르는 장강수로맹의 두 장로, 종용과 변령에게 환한 웃음을 보며 반겼다.

"참으로 절경이오, 채주."

종용이 눈앞의 풍경을 바라보며 감탄을 금치 못했다.

깎아지른 듯한 절벽 위에 지어진 전각에서 바라보는 장강의 풍경은 절로 감탄을 터뜨릴 만큼 대단했다. 특히 낙조(落照)는 가히 천하 절경이라 할 수 있었다.

"초대해 줘서 고맙소, 채주."

변령이 자리에 앉으며 사의를 표하자 숭극이 당치도 않다는 얼굴로 말했다.

"무슨 말씀을요. 오히려 제가 두 분 장로님을 모시게 되어 영광이지요."

"영광까지야. 한데 총순찰은 아직 돌아오지 않은 거요? 시간이 제법 지난 것 같은데."

종용의 물음에 숭극이 조금은 민망한 얼굴로 말했다.

"그러게요. 올 시간이 한참 지났는데도 아직 돌아오지 않는 것을 보니 총순찰이 꽤나 꼼꼼히 살피는 것 같습니다. 맹주님의 명이 떨어진 후, 무리하게 통행세를 요구하지도 않고 특히 표국이나 상단 등과는 비교적 좋은 관계를 유지하려고 애썼는데 말이지요. 삼룡채가 많이 못 미더운 모양입니다."

"숭 채주가 애쓰는 것을 모르지는 않소이다. 하지만 맹주님의 명을 따르는 것이니 조금만 이해를 해주시오. 딱히 트집 잡을 일도 없거니와 설사 총순찰의 마음에 들지 않는 부분이 있다고 해도 크게 문제될 일은 없을 터이니."

종용의 달래는 말에 숭극의 눈빛이 살짝 빛났다.

원하던 답을 얻어냈으니 더 이상 앓는 소리를 할 필요는 없다는 생각에 너털웃음을 지으며 술병을 들었다.

"그저 두 분 장로님만 믿겠습니다. 자, 한잔 받으시지요."

"고맙소. 아까부터 향이 좋은 것이 참을… 저거, 총순찰이 타고 갔던 배가 아니오?"

막 술잔에 입을 대려던 종용이 장강을 거슬러 올라오는 배에 시선을 주며 물었다.

"그런 것 같습니다."

숭극이 실눈을 뜨며 배의 특징을 살피다 고개를 끄덕였다.

"거기 있느냐?"

종용의 외침에 적색 무복을 갖춰 입은 사내가 모습을 드러냈다.

맹주 직속의 전투단으로서 장강수로맹 전체를 감찰하고 있는 두 장로와 총순찰을 호위하고 있는 수룡단 수룡일대 대주 혹요수였다.

"총순찰이 도착하면 즉시 이곳으로 데리고 오너라."

"알겠습니다."

흑요수가 명을 받고 물러나자 자신도 모르게 긴장하고 있던 숭극이 나직이 숨을 내뱉으며 종용과 변령을 살폈다.

장강수로맹에 속한 이들에겐 그야말로 사신이나 다름없는 수룡단의 존재를 의식하게 되자 크게 문제될 것이 없을 것이라는 그들의 말은 이미 뇌리에서 사라졌다.

평소 깐깐하기 짝이 없는 총순찰의 얼굴을 떠올렸다. 어떤 꼬투리를 잡을지 벌써부터 걱정이 됐다.

종용과 변령은 그런 숭극의 모습을 보며 고소를 지었다.

적당히 긴장을 하는 것도 좋을 듯하여 굳이 위로의 말을 해주지도 않았다.

어색한 분위기는 제법 오랫동안 이어졌다.

숭극은 여전히 불안해했고, 종용과 변령은 그런 숭극의 마음을 어루만져 주지 않은 채 술맛이 좋으니 어쩌니 하며 쓸데없는 잡담만 늘어놓았다. 그사이 배가 도착했음을 알리는 신호음이 들려왔다.

이제 숭극의 마음을 적당히 풀어줄 때라 생각한 종용이 술병을 들었다.

"이거 술맛이 너무 좋아 우리 늙은이들끼리만 정신없이 마시고 있었소이다. 자, 채주도 한잔 받으시구려."

'망할 영감탱이들!'

내심 욕지거리를 내뱉은 숭극이 환한 얼굴로 잔을 들었다. 속마음이야 어떻든 그걸 밖으로 내비칠 만큼 그는 어리석지 않았다.

"하하하! 구하느라 조금 고생한 술인데 두 분께서 마음에 드신다니 다행입니다."

"말만으로도 고맙소. 한데 술의 이름이 무엇이오? 내 지금껏 많은 술을 마셔봤지만 향이나 맛이 참으로 독특한 것이……."

즐거워하는 표정으로 술의 이름을 묻던 종용의 말이 뚝 끊겼다. 숭극과의 대화는 관심 없다는 듯 묵묵히 잔을 비우고 있던 변령이 술잔을 내려놓고 벌떡 일어섰기 때문이다.

"왜 그러나?"

종용이 미간을 찌푸리며 물었다. 하지만 대답을 기다릴 것도 없었다. 그의 귓가로 날카로운 비명이 전해졌다.

비명 소리를 들은 숭극의 표정도 확 변했다.

"어떤 놈이 감히!"

분기탱천한 숭극이 자리를 박차고 일어나자 종용이 그의 팔을 잡았다.

"잠깐 기다리시오."

"왜 그러십니까? 비명 소리가 들리지 않으십니까? 적이 쳐들어왔습니다."

숭극이 자신의 팔을 잡는 종용을 향해 짜증을 내자 변령이 차갑게 말했다.

"멍청한 위인이로고. 비명 소리가 급격히 가까워지는 것도 느끼지 못하고 있군. 쯧쯧, 어디가 가장 안전한 줄도 모르고."

그제야 퍼뜩 정신을 차린 숭극이 슬며시 물러섰다.

전각에는 장강수로맹에서 나온 두 명의 장로와 그들을 수행하는 수룡단원 삼십이 지키고 있다.

삼룡채 인원의 삼분지 일에도 미치지 못하는 숫자지만, 변령의 말대로 적들의 침입에서 가장 안전한 곳이라면, 당연히 지금 머물고 있는 전각이라 할 수 있었다. 심지어 삼룡채의 수뇌들도 대거 모여 있는 상황이 아닌가.

"흑요수."

종용의 부름에 흑요수가 모습을 드러냈다.

"적의 침입이 있는 것 같다. 준비하여라."

"이미 만반의 준비를 갖췄습니다. 상황 파악을 위해 발 빠른 아이들 몇을 내려보냈으니 곧 무슨 일이 벌어진 것인지 확인하실 수 있을 겁니다."

종용은 자신감 넘치는 흑요수의 대답에 만족한 듯 고개를 끄덕였다. 그 자신감이 무너지는 데는 촌각도 걸리지 않았다.

"대, 대주님……."

피투성이가 된 사내가 전각을 향해 달려왔다.

흑요수는 그가 자신이 상황 파악을 위해 내려 보낸 세 명의 수하 중 하나인 것을 확인하곤 얼굴을 굳혔다.

셋 중 하나, 그나마도 가장 몸이 날랜 용복이 피투성이가 되어 겨우 도망쳐 왔다면 다른 수하들이 어찌 되었을지는 보지 않아도 알 수 있었다.

"어찌 된 일이냐? 어떤 놈들이 공격을 하는 것이야?"

숭극이 다짜고짜 물었다. 용복은 시선조차 주지 않고 흑요수 앞으로 달려와 무릎을 꿇다시피 주저앉았다.

"대, 대주님."

"그래, 말해라. 밑에서 무슨 일이 벌어지는 것이지?"

"총순… 찰을 태우고 나섰… 던 배에 적… 들이 타고 있었던 것 같습니다. 놈들의 공격으로 삼룡채가 초토화가 되었습니다."

용복이 숨을 헐떡이며 대답했다.

"어떤 놈들이 공격한 것인지 확인했느냐?"

종용이 굳은 표정으로 물었다.

"확인하지 못했습니다."

"하면 몇 놈이나 쳐들어온 것이냐?"

"확실… 하진 않지만 네 명 정도로 보입니다."

용복이 자신 없는 얼굴로 말했다.

"뭐라! 네 명?"

종용이 황당하다는 얼굴로 소리쳤다.

심각한 표정으로 용복의 설명을 듣던 다른 이들의 반응 또한 다르지 않았다. 다만 변령은 생각이 조금 다른 듯했다. 그토록 적은 인원으로 공격을 했다는 것은 그만큼 자신이 있다는 것으로도 해석할 수 있기 때문이다.

"그, 그렇습니다. 하나같이 대단한 고수들이었습니다. 저희가 상황을 확인하러 갔을 때 명을 받고 총순찰을 데리러 간 아관과 충인은 이미 목숨을 잃은 상태였고, 삼룡채의 식솔들 또한 절반 이상이 쓰러진 후였습니다."

"함께 간 호열과 하주역은?"

흑요수가 이를 갈며 물었다.

"변변한 대항도 해보지 못하고 당했습니다. 저만 겨우 공격을 피해 도주할 수 있었습니다."

"에이, 그건 아니지. 공격을 피해 도주할 수 있던 것이 아니라 그냥 놔준 거지."

느닷없이 들려오는 조롱 섞인 음성에 모두의 시선이 한쪽으로 향했다. 풍월을 필두로 그 일행이 전각을 향해 천천히 걸어오고 있었다.

"막아랏!"

흑요수의 명이 떨어지자 그렇잖아도 동료들의 죽음에 분기탱천한 수룡단원들이 괴성을 질러대며 달려들었다.

풍월의 후미에 있던 형응이 가볍게 팔을 휘둘렀다.

새하얀 빛줄기가 풍월의 양쪽 옆구리와 어깨, 귀밑을 스치며 수룡단원들을 향해 날아갔다. 그들이 어떠한 기척도, 소리도 없이 접근한 빛줄기를 눈치챘을 땐 다섯 명의 동료가 절명을 한 후였다.

"암습을 조심해라!"

흑요수가 대경실색하며 소리를 쳤으나 재차 날아든 비수에 세 명의 목숨이 더 끊어졌다.

흑요수는 외마디 비명을 지르며 쓰러지는 수하의 모습에 할 말을 잃었다.

눈 깜짝할 사이에 여덟 명의 수하가 목숨을 잃었다. 거의 삼분지 일에 달하는 인원이 그야말로 아무것도 해보지도 못한 채 허무하게 사라진 것이다.

"다들 물러나라."

변령이 기세를 잃고 엉거주춤 서 있는 수룡단원들을 보며 소리쳤다. 그제야 퍼뜩 정신을 차린 흑요수가 황급히 수하들을 뒤로 물렸다.

"누구냐, 네놈들은?"

변령이 살기 가득한 눈빛으로 풍월과 그 일행을 살피며 물었다.

"어라? 이게 무슨 상황일까나."

황천룡이 풍월의 뒤에서 얼굴을 빼꼼히 내밀며 인상을 썼다.

"날 기억하지 못한다니 실망이오, 영감. 적어도 대여섯 번은 만났을 것 같은데. 기억을 못 하는 거요, 아니면 모른 척하는 거요?"

황천룡의 조롱 섞인 말에 찬찬히 그를 살피던 변령이 깜짝 놀란 얼굴을 하였다.

"네, 네 녀석이 어찌하여……."

녹림의 총순찰 황천룡을 알아본 변령은 놀라움에 말을 잇지 못했다.

"뭐, 그렇게 됐소."

"항균은, 항균은 어찌 되었느냐? 설마 네놈이……."

종용이 당장에라도 손을 쓸 것만 같은 눈빛으로 묻자 황천룡이 어깨를 으쓱거리며 대답했다.

"쯧쯧, 운이 없었소. 하룻강아지가 범 무서운 줄 모르고 덤볐다가 그만."

황천룡이 혀를 차며 손가락으로 목을 그었다.

"함부로 지껄이지 마라."

항균과 유난히 사이가 돈독했던 변령이 살기 어린 눈빛으로 쏘아보자 그 기세에 움찔한 황천룡이 슬그머니 고개를 돌렸다.

"여기에 장강수로맹의 장로가 있다고 들었는데 영감들인 모양이네."

주변을 옥죄어오는 변령의 살기를 가볍게 지워내며 입을 연 풍월이 변령이 뭐라 대꾸를 하기도 전에 말을 이었다.

"하나만 물어봅시다. 개천회 놈들의 개가 되었다고 하던데, 어째 살림살이는 좀 나아졌소?"

"무, 무슨 소리를 하는 것이냐?"

당황한 변령이 말을 더듬자 풍월이 마음껏 조소를 보냈다.

"애나 어른이나 거짓말을 하려고 할 땐 왜 이렇게 말을 더듬나 몰라. 아무튼 개천회에 완전히 먹힌 거요?"

"닥쳐랏!"

종용이 불같이 화를 냈다. 풍월이 그의 반응에 상관없이 다시 물었다.

"개천회에 대해 얼마큼이나 알고 있소?"

"닥치라고 했다."

종용이 풍월을 향해 검을 들었다.

"흠, 영감들 모습을 보니 확실히 느낌이 오네. 장강수로맹은 확실하게 충견이 된 모양이야. 그럼 결론은 나왔네."

풍월의 눈빛이 차가워지기 시작했다.

"개천회의 개가 되었다는 이유 하나만으로도 죽을 이유는 충분하다는 거지."

풍월의 말이 끝나기가 무섭게 형웅의 몸이 사라졌다.

형웅이 다시금 자신의 존재를 드러냈을 땐 그가 뻗은 검에 수룡단원의 목숨이 끊어진 뒤였다.

형웅이 본격적으로 움직이자 황천룡과 유연청도 자신들을 향해 달려드는 적들을 향해 살수를 휘둘렀다. 나름 꾸준히 교류를 하였음에도 장강수로맹과 녹림십팔채의 관계는 견원지간이라 해도 무방한 터. 손속에 조금의 인정도 없었다.

"마지막으로 말하건대 싸우는 동안이라도 생각이 바뀌면 언제든지 말만 하쇼. 목숨은 건질 수 있을 테니까. 하지만 고민할 시간이 결코 길지 않다는 것은 감안하는 게 좋을 거요. 자, 그럼 우리도 시작해 봅시다."

묵뢰를 가볍게 흔들며 종용과 변령을 도발하는 풍월, 전신에서 흘러나오는 절대적인 자신감에 두 사람은 쉽사리 움직이지 못했다.

『검선마도』 10권에 계속…